세계 유일의 남자

5

[완결]

천중화 장편소설

FUSION FANTASTIC STORY

세계 유일의 남자 5

천중화 장편 소설

초판 1쇄 찍은 날 § 2014년 3월 18일
초판 1쇄 펴낸 날 § 2014년 3월 21일

지은이 § 천중화
펴낸이 § 서경석

편집부장 § 권태완
편집책임 § 박은정

펴낸곳 § 도서출판 청어람
등록번호 § 제387-1999-000006호
등록일자 § 1999. 5. 31
어람번호 § 제1-1805호

주소 § 경기도 부천시 원미구 심곡2동 163-2 서경B/D 3F (우) 420-822
전화 § 032-656-4452 팩스 § 032-656-4453
http://www.chungeoram.com
E-mail § chungeorambook@daum.net

ⓒ 천중화, 2013

ISBN 979-11-5681-927-1 04810
ISBN 978-89-251-3262-4 (세트)

세계 유일의

빙신

5

[완결]

천중화 장편소설

FUSION FANTASTIC STORY

세계 유일의

CONTENTS

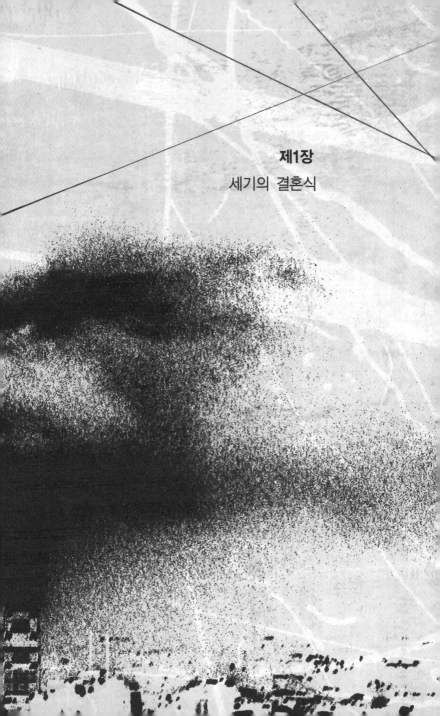

제1장

세기의 결혼식

함박눈이 내린 크리스마스에 서울 한국 호텔에서 화제의 결혼식이 있었다.

바로 대한한국 최고의 갑부인 정영구 회장의 막내아들과 한국 레저산업의 재벌로 알려진 황경철 회장 둘째 딸의 초호화판(?) 결혼식이었다.

한국체육대학교 김정두 총장의 주례로 거행된 이날 결혼식의 주인공인 신랑 정중환 씨는 올림픽과 세계대회를 제패한 레슬링선수 출신으로 퀸 호텔과 제주한국 호텔을 경영하는 사업가요, 이번에 국회의원에 당선된 저명인사다.

또 신부 황연주 씨는 서울대 영문과를 졸업한 재원으로 현재 DBS 예능본부 PD로 재직 중인 엘리트다.

신랑신부의 만만찮은 이력부터가 사람들의 눈길을 끌었다.

하지만 정작 이 결혼식이 화제가 된 이유는 다른 데 있었다.

골프 황제 김완 씨가 사회자로 나왔고 대한민국 건국 이래 최고의 스타라는 신채린 씨가 축가를 불러서……〈하략〉.

—신동아일보 연예부 김성하 기자

누구나 한 번쯤 이런 결혼식을 꿈꾼다!

화이트 크리스마스 오후에 세기의 결혼식 드림팀이 출동했다.

서울 남산 초입에 위치한 한국호텔에서 다시 볼 수 없는 결혼식이 거행돼 많은 이의 부러움을 샀다.

남홍덕 국무총리를 필두로 수많은 대한민국 정재계의 고관대작이 하객으로 참가했는데 결혼식을 취재하기 위해 몰려든 취재진 숫자만 무려 이천 명이 넘었다.

이 결혼식이 세간의 화제가 된 것은 신랑 정중환 씨는 한국그룹 정영구 회장의 막내아들이요, 신부 황연주 씨는 골프 재벌로 알려진 황경철 회장의 둘째 딸로서 재벌가의 혼례였기 때문이다.

이날, 세계 각국에서 몰려든 취재진들의 카메라는 재미있게도 사회자인 골프 황제 김완 씨와 축가를 부르는 신채린 씨에게……〈중략〉.

골프 황제 김완 씨는 '뭔가 바뀐 것 같다. 가수가 사회를 맡고 배우가 축가를 부르다니?'라고 너스레를 떨어 식장을 웃음바다로 만들었다.

김완 씨는 서울대 음악 동아리인 〈서울패〉출신으로 지난 가을 서울대 공연에서 자신의 자작곡인 〈이별〉을 불러 각종 음악 프로그램에 소개되었기에 이날 골프선수가 아닌 가수라고 소개……〈하략〉.

—스포츠 일간 연예부 박수남 기자

언제 다시 이런 결혼식을 구경할 수 있을까?

하얀 눈이 소복하게 내린 예수님이 탄생하신 날 오후.

서울 남산 입구에 있는 초특급 호텔인 한국호텔 무궁화실에서는 삼천여 명의 하객의 축하를 받으며 한 쌍의 결혼식이 거행됐다.

신랑 정중환 씨는 그 유명한 한국그룹 정영구 회장의 아들로서 세계적인 레슬링 선수 출신으로 현재 퀸 호텔과 제주한국호텔의 CEO를 맡고 있으며 온누리당 국회의원 당선자 신분인 고위급인사다.

신부 황연주 씨는 레저재벌로 잘 알려진 황경철 회장의 둘째 딸로 서울대 영문과를 졸업한 재원으로 현재 대한방송사 PD로 재직 중이다.

이날 세계 각국에서 엄청난 취재진들이 몰려왔는데…….

신랑신부에게는 유감스러운 일이었지만 취재진들의 목적은 따로 있었다.

세계적인 슈퍼스타로서 대한민국 체육계와 예술계의 쌍두마차인 골프 황제 김완 씨와 은막의 디바 신채린 씨를 취재하기 위해서였다.

김완 씨와 신채린 씨는 신랑의 절친이요, 신부와는 대학교 선후배 사이로서 무척이나 가까운 사이……〈중략〉.

이날 신부 황연주 씨는 '그동안 방송사의 PD로 일해 왔는데 내가 이렇게 유명한 스타인 줄은 오늘 처음 알았다. 세계 각국에서 이천 명이 넘는 취재진이 오시다니 정녕 영광이다.

식사는 꼭 하고 가시고 축의금 봉투는 잊지 말고 놓고 가셨으면 한다'라고 조크를 던져 취재진들을 뒤집어 놓았다.

—DBS TV 연예부 지경인 기자

황제가 사회자로 나서고 여신이 축가를 불러주는 결혼식.

—평범한 여성은 절대 할 수 없는 결혼식을 올리셨는데 기분이 어떠셨어요?

"어느 나라 공주님이 된 기분이었어요. 김완 씨는 저희 남편하고 워낙 가까운 사이라서 당연히 사회를 맡아 주실 줄 알았지만 신채린 씨는 정말 뜻밖이었어요. 공연 연습까지 중단하고 오셔서 축가까지 불러 주시고… 너무 너무 감격했어요. 이번 기회에 다시 한 번 인사를 드리고 싶네요. 채린 언니 사랑해요!"

—결혼식 날 살짝 삐지신 것 같던데? 기자 분들이 신부인 황연주 씨보다 신채린 씨에게 팡팡팡……. 하객들도 신채린 씨의 일거수일투족에 헉헉헉……(웃음). 사회자인 김완 씨가 신채린 씨보다 신부에게 포커스를 맞춰달라고 멘트까지 하셨잖아요?(웃음)

"제가 방송사 PD로 일하고 있지만 기자들 냉정한 거 그날 처음 알았어요. 눈뜨면 만나는 회사 동료들인 DBS 기자들조차 저는 안중에 없더라구요. 그저 신채린 씨와 김완 씨만 찍어대느라고 정신이 없고……. 제 결혼식에서 그것도 신부 앞에서 신채린 씨에게 이렇게 저렇게 포즈를 취해 달라고 요구하는 건 무슨 매너인지 모르겠어요.(웃음)"

—그날 참석하신 동료 기자 분들 축의금은 많이 내셨나요?

"네! 약 올라서 신혼여행 다녀와서 모조리 까봤는데 한 사람도 빠짐없이 봉투를 놓고 갔더라구요.(웃음) 그 옛날 국민의례준칙이 정한 축의금 정액에서 십 원도 오버하지 않았구요. 그때하고 지금하고 물가가 얼마나 차이가 나는데……(웃음)"

—국민의례준칙, 정말 오랜만에 듣는 말이네요. 근데 정 의원님과는 처음에 어떻게 만나셨어요? 친구 분들 얘기를 들으니까 정 의원님이 친구인 김완 씨를 만나러 서울대에 왔다가 두 분이 통했다고 하시던데.

"네! 맞아요. 그때 저는 빛나는 신입생으로 〈서울패〉에 가입한 지 얼마 안 됐을 때였어요. 남편이 우리 학교 체교과 선배인 줄 알았거든요. 일주일이면 서너 번씩 동아리 방을 들락거렸으니까요. 감히 말도 못 붙였어요. 너무 무서워서……. 덩치가 관악산만 하고 머리는 빡빡이에 완전 형님 스타일이었어요.

—(웃음)전 지금도 정 의원님께 말을 걸지 못하겠어요. 체격도 체격이지만 카리스마가 장난이 아니잖아요? 그렇게 무서운 분과 어떻게 친해지셨죠?

"사월 초로 기억되는데 그날따라 공강이 있어서 동아리방에 일찍 내려갔어요. 근데 동아리방에는 아무도 없고 남편 혼자 구석에 앉아 열심히 빵을 먹고 있었어요. 너무 무서워서 눈인사만 하고 얼른 몸을 돌렸어요. 그때 남편이 빵 하나를 던져 주면서 이리와 앉아 심심한데 같이 먹자, 이러는 거예요."

─(웃음)그래서요?

"무서워서 억지로 남편 앞에 앉아서 빵을 먹었는데 이번에는 남편이 책 한 권을 주면서 빵 값은 해야지 이렇게 말했어요. 스포츠 생리학인가 뭐 그런 책이었는데 영어로 된 원서였어요. 그 책 몇 쪽을 번역해서 정리하고 리포트를 써다 달래요. 저는 그날 집에 가서 밤새 번역해서 남편에게 갖다 줬더니 수고했다고 밥을 사준다고 하더라구요. 배도 고프고 해서 따라 나섰는데 잠시 후에 김완 씨가 와서 식탁에 앉더군요. 십 분쯤 있다가 신채린 씨가 와서 앉았구! 그때 처음 남편이랑 두 사람이 가까운 친구 사이라는 것을 알았어요. 당연히 저는 밥이 코로 들어가는지 입으로 들어가는지 몰랐죠."

─그 당시도 신채린 씨나 김완 씨가 유명한 스타셨나요?

"네! 신채린 씨는 이미 깐느 영화제에서 여우주연상을 받아 우리나라 최고의 스타로 떠오를 때였어요. 김완 씨는 법대 재학생에 사시합격자여서 우리 학교 학생들이 사이에서는 나름 유명했어요. 게다가 워낙 잘생기고 피아노도 잘 쳐서 의학생들이 줄을 섰었죠. 저도 그중 한 명이었고!(웃음)"

―계속 김완 씨한테 줄을 서시지 왜 옮기셨어요?(웃음)

"(웃음)신채린 씨부터 시작해서 제가 감히 대적할 수 없는 상대들이 수백 미터나 늘어서 있더라구요. 그래서 깨끗이 포기하고 눈높이를 조종했죠."

―(웃음)눈높이를 조종했다는 말, 정 의원님 들으면 섭섭하실 텐데 괜찮겠어요?

"뭔가 착각하신 것 같네요. 전 눈높이를 높여서 울 남편을 골랐다는 건데요.(웃음)"

―올! 절묘하신 화법이시네요. 근데 정 의원님하고는 그렇게 열심히 붙어 다니시면서 연애를 하셨다고 하던데? 아예 관악캠퍼스 땅을 못 밟아볼 만큼 정 의원님께서 업고 안고 다니시고…….

"(웃음)그랬죠! 솔직히 말씀드리면 그때는 그게 연애인 줄 몰랐어요. 그냥 남편이 좋더라구요. 최소한 이틀에 한 번은 꼭 만났어요. 올림픽에서 외국 선수들과 시합을 하면서 얽혔던 에피소드라든가 하여튼 그 사람이 얘기하는 건 다 재미있었어요. 저한테는 동화구 소설이었어요. 체격도 건장해서 밤거리를 쏘다녀도 시비 거는 사람 하나 없구요."

―(웃음)정 의원님께 시비를 걸 만큼 간 큰 남자는 대한민국에는 없죠. 또 정 의원님이 재벌2세라는 것을 작년 가을에 아셨다는 소문이 있던데 구라 아닌가요? 왠지 신데렐라 동화

가 살짝 섞인 듯…….(웃음)

"레알, 진실입니다. 처음부터 저희 남편이 한국그룹 정 회장님 아들이라는 것을 알았다면 부담스러워서 만나지 못했을 거예요. 전 그저 저쪽 아래 넠 어디 가난한 농부의 아들인 줄 알았어요.(웃음)"

―믿기지 않지만 그렇다 치죠. 그럼 결혼을 결심하셨을 때는 어떠셨어요?

"더욱더 믿지 않으시겠지만 전 남편이 재벌2세든 농부의 아들이든 상관없이 결혼을 했을 거예요. 제가 무지무지 좋아했고 그 사람이 저를 끔찍하게 아껴줬으니까요. 이 관계는 둘 중에 한 사람이 죽기 전까지는 계속될 것 같아요.(웃음) 솔직히 말씀드리면 남편이 재벌2세라는 것을 알았을 때 싫지는 않았어요. 아니, 남편이 더욱더 좋아졌죠. 그렇게 붙어 다녔으면서 한 번도 그런 말을 비추지 않았으니까……."

―시간 내주셔서 정말 고맙습니다. 두 분 늘 행복하시길 빌겠습니다.

"감사합니다."

―월간 레이디 사회부 전수민 기자와의 인터뷰 중에서

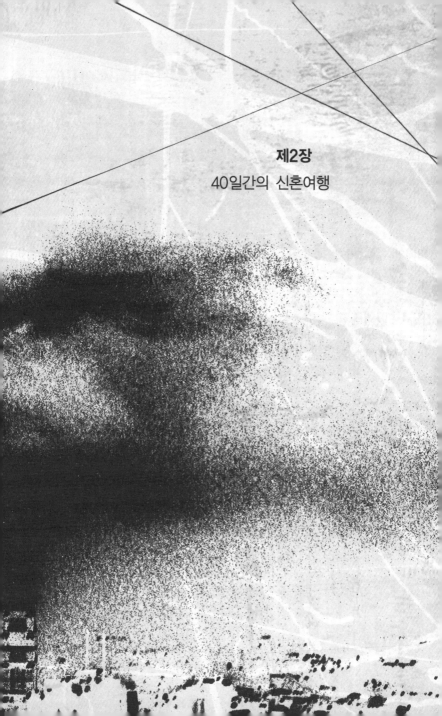

제2장
40일간의 신혼여행

세계유일의
남자

신(神)들이 사는 섬이라는 인도네시아 발리.

인간이 죽기 전에 꼭 가봐야 한다는 세계적인 휴양지로서 우리나라 사람들에게는 신혼여행지로 잘 알려져 있다.

발리에서 동남쪽으로 10킬로미터쯤 떨어져 있는 누사페니다 섬의 토박이인 부리난토 시지트는 관광객들을 상대로 낚시 배를 운영해 온 것이 벌써 이십 년이 넘었다.

십여 년 전만 해도 관광객의 대부분이 미국인이나 일본인이었지만 지금은 한국인이 훨씬 많다.

당연히 시지트는 영어, 일본어, 한국어에 능했다.

특히 한국어는 대단한 수준이어서 한국인들과 농담을 주고받을 정도였다.

게다가 시지트가 보유하고 서스페리아호는 호화 보트까지는 아니더라도 발리 섬 일대에서 열 손가락 안에 드는 멋진 배였다.

침실과 주방에 샤워실까지 딸린 750마력짜리 10톤급 노르웨이산 최신형 보트로서 정원이 일곱 명이었는데 약간 무리하면 열 명도 태울 수 있었다.

덕분에 많은 관광객이 시지트를 찾았다.

하지만 시지트는 가급적이면 서스페리아호에 신혼부부들을 태우고 싶어 했다.

중년 부부나 여타 단체 관광객은 툭하면 술 먹고 시비가 붙었고 서비스가 좋으니 나쁘니 잔소리가 많아서 꽤나 피곤했기 때문이다.

반면에 신혼부부들은 말 잘 듣는 초등학생들처럼 너무 편했다.

팁도 훨씬 많이 나왔고!

휘이이잉!

한입 베어 물면 달콤한 향기가 배어 나올듯한 바람이 바다 위를 스치고 지나갔다.

서스페리아호가 건조된 후 처음으로 딱 한 쌍의 남녀만을 태운 채 인도양 위에 떠 있었다.

드르릉 드르릉!

환상적인 바다 풍경과는 반대로 갑판 위에서 디젤 기관차 굴러가는 소리가 들렸다.

코끼리만 한 덩치의 이십대 남자가 큰 대자로 누워 코를 골며 낮잠을 자고 있었다.

"아함—"

남자 옆에서 릴을 바다에 던져 놓고 낚싯대를 쥔 채 의자에 앉아 졸고 있던 젊은 여자가 선글라스를 벗으며 기지개를 켰다.

반짝!

왼손 중지에 끼고 있는 5캐럿은 족히 될 듯한 큼직한 핑크 빛 다이아몬드 반지가 여자가 꽤나 부유한 신분임을 말해줬다.

여자가 쏟아지는 잠을 이길 수 없는 듯 낚싯대를 던져 버리고 의자에서 내려와 남자의 팔을 끌어다 베고 누웠다.

골골골……

잠시 후, 여자가 침대로 착각했는지 남자의 배 위로 기어올라가 엎어지며 귀엽게 코를 골았다.

"으흐흐흐!"

조타실에서 키를 잡고 있던 선장인 시지트와 조수인 히브

란트가 이 광경을 지켜보며 나직하게 웃었다.

어제도 이랬다.

점심식사가 끝난 뒤 남자는 갑판 위에서 낮잠을 잤고 여자는 낚시를 즐기다 남자의 배 위로 올라가 함께 낮잠을 잤다.

아주 코믹한 잠버릇이었다.

한국에서 온 이 신혼부부는 잠버릇만큼이나 행동도 특이했다.

여느 신혼부부들처럼 정신없이 사진을 찍지도 않았고 허겁지겁 관광을 하거나 과장된 스킨십도 하지도 않았다.

그저 바다에 나와 낚시를 하다가 이따금 바다에 뛰어들어 수영을 즐겼다.

졸리면 지금처럼 재미있는 포즈로 낮잠을 잤고…….

한국에서 신혼여행을 온 부부가 아니라 현지에 사는 돈 많은 중년부부가 휴가를 보내는 것처럼 보였다.

결정적으로, 시지트의 마음을 사로잡은 것은 서스페리아호를 통째로 빌렸다는 것이다. 시지트는 지금까지 자가용 보트를 몰고 여행 온 부부는 봤어도 이처럼 배를 통째로 빌리는 신혼부부는 본 적이 없었다.

선장과 기관장을 포함한 서스페리아호를 이박 삼일 동안 전세 내려면 생각보다 훨씬 많은 액수의 돈을 지불해야 하기 때문이다.

시지트는 자신이 부른 가격에서 1루피아도 깎지 않고 지불하는 여자를 보고서야 이 부부의 정체를 알았다.

인도네시아 국영 방송인 TV RI에서 세기의 결혼식이란 제목으로 오 분여에 걸쳐 소개했던 그 부부였다. 골프 황제가 사회를 맡고 세계 최고의 여배우가 축가를 부른 한국 제일의 갑부 아들 부부!

이틀 전 서울을 떠나 도쿄에서 하루를 보낸 후 발리에 도착한 정중환과 황연주였다.

한 시간이나 지났을까?

정중환이 슬며시 눈을 떴다.

자신의 배 위에서 쌕쌕거리며 자고 있는 황연주를 보며 입가에 미소가 번졌다.

서울대 관악 캠퍼스에서 데이트를 할 때부터 알고 있던 잠버릇이었다.

황연주는 호기심 세포가 발달한 것과 달리 유난히 신경이 무디었다.

벤치에 앉아서 애기를 나누다가도 잠이 오면 정중환의 팔이나 가슴을 베고 그대로 잠들곤 했다.

한 번 잠이 들면 옆에서 무딩이 굿을 해도 몰랐다.

빵순이와 더불어 잠순이였다.

정중환이 황연주가 깰세라 조심스럽게 배 위에서 내려놓고 티셔츠를 덮어줬다.

그리고 갑판 위에 놓여 있던 잠수복을 걸치고 산소통을 멨다.

"저 친구… 잠수를 많이 해봤어."

"그런 것 같습니다. 장비를 아주 능숙하게 다뤄요!"

조타실에 있던 사지트와 부란트가 거침없이 스쿠버 장비를 착용하는 정중환을 보고 탄성을 터뜨렸다.

정중환은 특전사에서 복무할 때 꽤나 독하게 심해잠수 훈련을 받았다.

풍덩!

정중환이 서슴없이 바다 위로 뛰어들었다.

잠시 후, 발리 섬 근해에서 많이 잡히는 도미의 일종인 그라푸 두 마리를 잡아 올라왔다.

히부란트가 잽싸게 달려가 생선을 받았다.

"자아— 그만 일어나 밥 먹자. 우리 똘이 엄마!"

"으응, 오빠!"

팬티만 걸친 정중환이 생선회와 찌개 등을 잔뜩 차려들고 갑판 위로 나왔다.

"…자꾸 오빠라구 부르지 마, 임마. 어른들이 질색하잖아?"

"입에 붙어서 잘 안 떨어지네. 자기나 여보라구 하려면 닭살이 돋구, 헤에!"

새신랑 정중환이 새신부 황연주를 일으키며 호칭에 대해 주의를 주자 황연주가 변명을 했다.

황연주는 결혼을 하기 전에 엄마에게 신랑인 정중환을 부르는 호칭에 대해 단단히 교육을 받았다.

"정 서방한테 굳이 존대를 하라고 하지는 않겠다. 하나 지금처럼 오빠라는 말은 쓰지 마. 아빠라는 말도 절대 쓰면 안 돼! 어떤 여자가 제 오빠나 아빠와 결혼해서 살겠니? 이것처럼 무식하고 듣기 거북한 호칭은 없어. 여보라고 부르기 힘들면 자기나 신랑이라고 불러. 저희 신랑은……."

황연주는 그때부터 정중환을 열심히 자기라고 부르려고 노력했다.

"나두 마찬가지야. 똘이 엄마는 좀 괜찮은데 여보나 자기는 으흐흐……."

"헤헤헤! 난 똘이 아빠는 더 이상해. 막 사십쯤 된 거 같구."

똘이.

정중환이 지은 황연주의 뱃속에서 자라고 있는 아기의 태

명이었다.

황연주는 양 PD의 예언대로 이미 임신을 했다.

굳이 예언이랄 것도 없었다.

정중환과 황연주처럼 신체 건강한 젊은 남녀가 사전에 어떤 조치(?)도 없이 섹스를 했다면 임신이 되는 것은 지극히 당연하니까!

"화아— 근데 이 고기는 뭔데 이렇게 맛있대? 완전 입에서 녹네, 녹아!"

"참돔의 일종이다. 이놈을 장작불에 구우면 여기 발리의 특선 요리가 돼. 회로 먹어도 일품이라고 인터넷에 떠 있더라."

"우히히히! 울 신랑 너무 좋아. 울 신랑이 인터넷까지 뒤져 요리까지 해주는 훈남인 줄은 아무도 모를 거야."

"눈에 넣어도 안 아픈 우리 똘이 엄만데 이 정도 서비스는 약소하지!"

"좋아, 좋아! 아주 잘하고 있어. 근데 민경이 하고는 아무 관계 아니었지?"

"……!"

잘 차려놓은 생선회 밥상을 열심히 섭렵하던 황연주가 뜬금없이 민경이라는 이름을 꺼내자 정중환이 화들짝 놀랐다.

신랑신부 친구들 모임에서 김완이 소개했던 어학의 귀재

라는 외교부 사무관.

정중환이 들이댔다가 단칼에 박살 난 그 야리야리한 금테 안경 아가씨 이름이었다.

"야야야— 황빵순! 완이 얘기 못 들었어? 분위기를 띄우기 위해서 살짝 얘기를 꼰 거래잖아?"

정중환이 펄펄 뛰었다.

"알써! 확실히 해. 난 결혼 전에 약속한대로 피임하지 않고 여기 있는 똘이부터 아가가 생기는 대로 낳아주겠어. 아홉 놈 이든 열 놈이든 말야. 대신 킹콩 바람 피면 기냥 죽음이야."

"시키가 나 몰라? 나 여자 별로야. 까 놓구 말해서 여자하고 술 먹고 섹스하는 거보다 사격하고 운동하는 게 훨 재밌어. 마음 푹 놓고 아가들 많이 낳아. 내가 몽땅 우유 먹이고 기저귀 갈아주고 키운다."

"......!"

"좀 더 자라면 레슬링부터 시작해서 온갖 운동을 가르쳐 줘야지. 계집애면 아빠아빠 하고 쫓아다닐 텐데… 머리도 예 쁘게 따주고! 환장한다, 환장해."

정중환이 당장 예쁜 여자아이가 눈앞에 달려와 품에 안기는 듯 몸을 비비 꼬았다.

"우리 딸이 개구쟁이라도 좋다 튼튼하게만 자라다오!"

이번에는 정중환이 황연주의 배를 쓸어주며 주문을 외웠다.

정중환의 캐릭터에 맞지 않는 개그 덕분에 황연주가 민경
이란 아가씨를 잊어버렸다.

"아함! 근데 발리도 별거 아니네 하루 딱 있으니까 지루하
네."

"지루해? 그럼 홍콩으로 뜨자!"

"OK!"

황연주가 하품을 하면 말하자 정중환이 선뜻 홍콩행을 권
했고 황연주가 허락했다.

"공항으로 갑시다."

"공항요??"

정중환의 뜬금없는 말에 선장인 시지트가 어리둥절했다.

"김 기장 아저씨! 우리 지금 홍콩으로 갑니다, 준비하쇼!"

이어서 정중환이 시지트의 대답을 듣지도 않고 휴대폰을
꺼내 소리를 질렀다.

'자가용 비행기?'

시지트가 이제야 감을 잡았다.

이 한국 재벌2세 부부는 발리가 재미없다고 당장 홍콩으로
가겠다는 말이었다.

자가용 비행기를 타고!

시지트가 후다닥 뱃머리를 항구로 돌렸다.

정중환과 황연주가 결혼을 하자 정중환의 아버지인 정구

영 회장이 선뜻 신혼여행 갈 때 타고 가라며 한국그룹 회장 전용비행기인 '화이트 윙'을 내줬다.

정영구 회장이 며느리인 황연주를 얼마나 사랑하는지 알 수 있는 대목이었다.

정중환 황연주 부부는 지금 황연주 PD가 연출한 40일간의 신혼여행 중이었다.

여기는 두 번째 목적지인 인도네시아 발리였고!

홍콩(香港) 간다라는 말이 있다.

홍콩에 여행을 간다는 뜻이 아니라 기분이 아주 좋을 때 쓰는 말 중 하나로써 쌍팔 년도부터 지금까지 우리나라에서 떠돌아다니는 속언이다.

도대체 홍콩이 얼마나 괜찮은 곳이면 우리나라에 이런 말들이 퍼졌을까?

일본의 하코다테 이탈리아의 나폴리와 더불어 세계 삼대 야경 중 하나.

별들이 소곤대고 꽃 파는 아가씨가 노래를 부르는 홍콩의 그 밤거리.

바라만 봐도 좋다는 홍콩의 야경.

황연주와 정중환이 홍콩 구룡반도의 최대 번화가로시 사넬, 아르마니, 구찌, 루이뷔통 등등 세계적인 명품판매장이

즐비하게 늘어선 광동로를 걸어가고 있었다.

발리에서 비행기로 홍콩에 도착해 한국호텔에 여장을 푼 지 만 하루가 지났다.

질겅질겅.

황연주가 세계적으로 유명한 홍콩 특산인 미진향 육포를 씹으며 샤넬 매장의 쇼윈도를 뚫어져라 쳐다봤다.

"사고 싶으면 사. 돈 걱정 말구!"

정중환이 황연주의 마음을 읽고 쇼핑을 권했다.

"이 건물도 충분히 살 수 있어. 형님 누나들이 준 축의금만으로도 말야, 큭큭!"

"헤헤, 괜찮아. 난 원래 명품에 관심 없어. 이 디스플레이가 궁금해서 그래. 어떻게 셋팅을 했으면 이렇게 물건들이 돋보일까?"

분명히 황연주는 보통 여자들과 많이 틀렸다.

쇼윈도에 전시된 명품들이 관심 있어서가 아니라 물건들을 돋보이게 하는 디스플레이가 궁금해서 살펴봤다니 뜻이었다.

"그럼 광주(廣州)에 가서 저녁이나 먹자. 친구가 오란다."

"광주? 오빠, 아, 아니, 자기 중국에 친구가 다 있었어?"

"자식! 다른 나라라면 몰라도 중국은 나두 힘 좀 쓴다."

"헤헤헤, 그래?"

"가자!"

정중환이 씨익 웃으면서 황연주를 데리고 지하철역으로 들어갔다.

이렇게 간단히 두 사람은 홍콩을 떠났다.

세계 삼대야경이 어쩌고 인간이 죽기 전에 어쩌고 하는 그 도시를 말이다.

이게 정중환 황연주식 여행이었다.

또 지금 정중환이 말한 광주는 중국 광동성(廣東省)의 광주를 지칭했다.

우리나라의 경기도 광주나 전라남도 광주가 아니었다.

예전에는 홍콩에서 중국 본토인 광주로 들어가려면 배를 타고 갔다.

입국 절차도 아주 까다로웠고!

이제는 지하철을 타면 한 방에 간다.

지금 대한민국은 겨울이 한창이었지만 광주는 초가을 날씨로 여행하기에 딱 좋은 날씨였다.

"정중환 회장님이시죠?"

정중환과 황연주가 지하철에서 내렸을 때 두 명의 이십대 남자가 다가와 정중하게 허리를 숙였다.

양복을 말끔하게 갖춰 입은 남자들이었다.

"그렇소만?"

"김 회장님께서 보내셨습니다. 잠깐 패스포트 좀 주시죠?"

"여기 있소."

정중환이 서슴없이 남자들에게 패스포트를 두 권을 건네줬다.

패스포트는 외국을 여행할 때 그 사람의 신분이나 국적을 증명하는 서류, 즉 여권(旅券)을 말한다.

탕탕!

남자 한 명이 출입국 신고서에 뛰어가서 직원들이 사용하는 스탬프를 낚아채 정중환과 황연주의 패스포트에 거침없이 찍었다.

순서를 기다리는 줄이 길게 이어져 있는 출입국 신고서에서 벌어진 일. 무시무시한 끗발이었다.

"……!"

황연주의 눈이 커졌다.

중국은 공산당 일당이 지배하는 사회주의 국가다.

공산당원들에 의해 철저히 통제되는 사회다.

저렇게 출입국 신고서에 가서 스탬프를 빼앗아 쾅쾅 찍을 정도면 중국의 최고 권력자라는 뜻이었다.

"기다리게 해서 죄송합니다."

"어서 가시죠, 정 회장!"

남자가 재빨리 다가와 사과 아닌 사과와 함께 정중환에게
패스포트를 건네줬다.

곧바로 지하철역 밖으로 정중환과 황연주를 안내했다.

"니 하오 마?"

"니 하오!"

광주역 앞에서 모피코트를 걸친 미모의 젊은 여성이 손을
흔들며 중국어로 반갑게 안부를 물었고 정중환 또한 간단한
중국말로 인사를 했다.

안녕하셨습니까? 안녕! 뭐 이런 뜻이었다.

젊은 여성은 김완의 중국산 애인 중국 최고의 스나이퍼 무
지민이었다.

'저 여자 와니 오빠의 앤 무지민 대교잖아? 짝퉁 미란다
커!'

황연주가 눈이 커졌다.

"연주 씨, 결혼 축하해요!"

"네네! 고맙습니다."

무지민이 이번엔 황연주에게 한국어로 결혼 축하 인사를
건넸고 황연주가 마주 인사를 했다.

"이쪽으로… 차가 저기 있어요, 연주 씨!"

무지민이 황연주와 정중환와 함께 광주역 주차장으로 걸
어갔고 이십대 남자들이 뒤를 쫓아오며 경호를 했다.

'지난번에는 무슨 곰털 같은 모피코트를 걸치고 있더니 오늘은 호랑이 가죽으로 만든 코트를 입고 있네. 이 언니 동물보호론자들이 꽤나 좋아하겠다, 에헤헤!'

황연주가 방송사 PD다운 생각을 떠올리며 무지민을 쳐다보고 미소를 지었다.

'그래도 기럭지가 되니까 모피 코트가 잘 어울리네. 역시 중국산 미란다야.'

'근데 이 언니가 여기 있다면 혹시 완이 오빠도?'

황연주가 고개를 갸우뚱하며 정중환을 바라봤다.

정중환이 아무것도 모른다는 듯 코를 씰룩였다.

"연주 씨, 중환 씨! 타세요."

무지민이 대형 SUV 승용차 문을 열었고 정중환과 황연주가 차에 올라탔다.

애애애앵!

즉시, 비상등을 켠 승용차 한 대가 사이렌을 울리며 출발했고 정중환과 황연주를 태운 SUV 승용차가 뒤를 따랐다.

그 뒤에서 또 한 대의 승용차 경호를 하며 쫓아왔고!

흡사 대통령 같은 VVIP들의 행렬 같은 모습이었다.

정중환과 황연주를 태운 SUV 승용차가 두 대의 경호 차량의 호위를 받으며 거침없이 중국 최대의 무역 도시이자 세계 짝퉁의 본좌 광주 시내를 빠져나갔다.

……．

잠깐 동안 정중환 부부를 태운 SUV 승용차가 어색한 침묵에 잠겼다.

황연주는 전혀 예상하지 못했던 일이 벌어지자 긴장한 듯 입을 꼭 다물었다.

정중환도 마찬가지였고.

무지민은 원래 말이 없는 스타일이었다.

무지민이 김완의 애인으로 정중환 부부와 몇 번 인사를 나누긴 했지만 그리 가까운 사이가 아니었다.

결정적으로 국적과 민족까지 달랐다.

그 어색한 침묵이 회색곰 한 마리 덕분에 깨졌다.

"오, 오빠… 얘 뭐야?"

거대한 회색 곰 한 마리가 트렁크에서 목을 길게 뺀 채 애교를 떨듯 황연주를 핥았다.

"이 녀석… 별님이 같은데?"

"벼, 별님이?"

"반갑다고 그러는 거예요, 연주 씨! 얌전히 있어, 별님아!"

조수석에 타고 있던 무지민이 미소를 띤 채 룸미러를 쳐다보며 입을 열었다.

"이 녀석이 강아지였던 그 별님이 맞습니까?"

"네에, 중환 씨!"

"어이구! 별님이 이놈 몰라보게 컸네."

"개였어? 곰 아니야?"

"후우우! 고향이 러시아인 개예요, 연주 씨!"

무지민과 정중환, 황연주가 트렁크에 앉아 있는 회색 곰만 한 개를 두고 대화를 나눴다. 점차 분위기가 살아났다.

정식 명칭은 코카시안 오브차카.

러시안 산 초대형 맹견이었다.

러시안 산 회색 곰이라고 생각하면 틀림없다.

포악하기로 세계에서 둘째가라며 서러울 만큼 사나운 견종이다.

김완이 무지민에게 선물한 개였다.

"하하하 시키가 장가갔다고 훤해졌네! 울 연주는 미모가 완전 출중해졌구!"

김완과 정중환 부부가 반갑게 포옹을 했다.

"아후, 진짜 이럴 거야, 킹콩? 와니 오빠가 부른다고 말하면 좋았잖아, 맹추야!"

"크크크크, 자식아! 먼저 말해주면 재미없잖아? 이렇게 만나야 반갑고 멋있지?"

황연주가 옛날 빵동지로 돌아가 빽 소리쳤고 정중환이 황연주를 안아주며 달랬다.

그랬다.

김완이 곤륜산의 세 민족 사대가문이 행하는 생사결을 만류하고자 중국으로 건너왔고, 때마침 신혼여행 중에 홍콩에 왔던 정중환에게 연락을 해 중국 광주 근교에서 회동을 했던 것이다.

펑! 주루룩…….

노을이 지는 초가을의 중국 광주시 근교에 있는 백운산.

그 백운산 계곡에 위치한 넓은 별장의 잔디밭에서 샴페인이 터졌다.

"축하해! 내 사랑한 친구 킹콩과 황연주의 결혼을 다시 한 번 축하한다."

"축하해요, 중환 씨, 연주 씨!"

"큭큭! 고맙습니다."

김완과 무지민, 정중환 부부가 넓은 식탁에 둘러앉아 술잔을 마주쳤다.

위생복을 입은 두 명의 요리사가 화덕에 올려진 채 노릇노릇 구워지는 사슴 고기를 잘라 내며 서빙을 하고 있었다.

툭!

김완이 술을 마시기로 작정한 듯 하얀 자기병에 붉은 상표가 붙어 있는 술병을 땄다.

모태주, 마오타이주였다.

귀주성 모태진에서 생산되는 술로 중국의 모택동과 미국의 닉슨 대통령이 정상회담을 할 때 마신 유명한 술이다.

　알코올 도수가 무려 53도.

　여차하면 휘발유 대신 사용해도 무방할 만큼 독한 술이었다.

　김완이 정중환에게 먼저 한 잔을 따랐다.

　정중환이 김완과 무지민에게 술을 따랐다.

　세 사람이 잔을 들었다.

　"난 안 줘?"

　황연주가 김완을 쳐다보며 물었다.

　"넌 안 돼! 애기 가진 놈이 무슨 술이야?"

　"익!"

　김완이 단호하게 말하자 황연주가 마른비명을 토하며 정중환을 째렸다.

　"이해해라! 너두 알다시피 내가 덩어리에 비해 입이 가볍잖아?"

　"난 많이 몰라. 결혼식 올리기 전까지 호텔에 여덟 번인가 들락거렸다는 것 정도?"

　"끼약, 오빠! 킹콩!"

　김완이 결혼식 전에 호텔을 드나든 횟수까지 알고 있자 황연주가 뒤집어졌다.

"하하하 자! 우리 귀염둥이 황연주의 순조로운 출산을 위하여."

"건배, 크크크큭!"

김완과 정중환이 잔을 주거니 받거니 하면서 거푸 술을 마셨다.

'그러고 보니까 킹콩 오빠가 술을 마시고 있잖아? 그것도 와니 오빠랑?'

황영주가 알고 있는 두 사람은 술과 인연이 먼 사람들이었다.

황연주가 정중환과 결혼한 부부였지만 아직 정중환을 완전히 알지는 못했다.

정중환에게는 한 가지 비밀 아닌 비밀이 있었다.

술버릇이었다.

정중환이 술을 함께 마시는 사람은 김완이 유일했다.

정중환은 다른 사람과 술을 마시면 진짜 영화에 나오는 킹콩처럼 변했다.

무시무시한 주사를 연출했다.

신기하게도 김완과 술을 마시면 절대 주사를 부리지 않았고 그 사실을 정중환이 아주 잘 알고 있었기에 다른 사람과는 일체 술을 마시지 않았다.

하지만 오늘은 주사가 시작됐다.

이번엔 예전과 달리 새빨간 19금 주사였다.

"그래? 오 분도 못 가서 발사하고 번데기가 된단 말야?"

"땀만 비질비질나구. 막 흥분하다가 그렇게 돼. 문제가 있는 거냐? 아니면 원래 그런 거냐?"

"이 시키 염장 지르는 거 맞지, 미나야?"

"아이이, 자기야… 그만해. 취했어."

"맞잖아? 넌 하루 종일, 아니, 십수 년 동안 해도 아가 하나 못 만들었지만 난 딱 오 분만에 만들었다 뭐 이런 거 아냐."

"확실히 머리 좋은 놈이 다르네. 금방 들키네."

"새끼가 덩치는 태산만 한 게 아주 교묘하게 사람 콧구멍 쑤신다니까."

"크크크크! 인생은 한 방이야.

"씨가 좋은 게 아니라 밭이 좋은 거야 임마! 니 마누라가."

―켁, 이것들 취했다.

황연주가 이때서야 감을 잡았고,

"오, 오빠!"

얼굴이 새빨갛게 변해 빽 소리쳤다.

"왜 임마? 이제 황연주도 아가씨 아니잖아. 애기 가진 줌만 데 뭐? 평범한 얘기지."

"우씨! 이럴 땐 같이 술을 먹어야 맨탈을 맞출 수 있는데! 울 똘이 때문에 술 한 잔도 못 먹잖아? 아, 짜증나."

계속해서 19금 주사는 이어졌다.

"글쎄? 왕초보들은 다 그렇다고 하든데 나는 그런 경험이 없어서 잘 모르겠네."

"넌 처음에 어땠는데?"

"난 삼십 분쯤 하다가 흥분돼서 발사하면 금방 꼬추가 더 커지더라구. 이 여편네는 소리치고 난리를 피우는데 나는 더 흥분되구 맞지? 미나야?"

"자기야, 여보오오오… 그런 얘기 그만해. 나 부끄러워."

무지민이 발을 동동 굴렀다.

"부끄럽긴 뭐가 부끄러워? 남 안 하는 거 하나."

'으흐흐흐, 확실히 와니 오빠 취했어! 취하면 19금 개그 하는 버릇이 있구나.'

"그럼 또 한 시간쯤 하다가 또 발사를 하고 또 꼬추가 커지고 그럼 또 하게 되고."

"그래서 하루 종일 하는구나. 밤을 꼬박 새구……."

"하루 종일은 아니지, 바보야. 배고파서 중간에 밥 먹구 해야 돼."

"그래……."

'미쳐, 미쳐. 밥 먹구 하루 종일 한대? 사, 사람이 아니야, 뱀이잖아? 정말 명옥 언니 말대로 그래서 여자들이 더욱더 미치는 건가?

떵동떵똥!

19금 주사가 절정으로 치달릴 때 휴대폰이 울렸다.

"잠깐만요. 저기… (주)SK1의 신동국 전무님이에요."

무지민이 김완의 주의를 다른 곳으로 끌려는 듯 얼른 휴대폰을 건네줬다.

"알았습니다. 리나랑 직접 통화를 해서 결정하죠!"

김완이 통화를 끊고 다시 번호를 누르려고 할 때 벨이 먼저 울렸다.

"그래! 삼 회를 공연한다면 사흘 동안 하루 20곡 씩 60곡을 불러야 된다는 건데… 할 수 있겠어?'

'채린 언니 무료 콘서트 얘기구나.'

황연주가 예능본부 PD답게 감을 잡고 촉을 바짝 세웠다.

"좋아! 그럼 이렇게 해. 공중파 삼사에서 31일, 1일, 2일 삼 일 동안 나눠서 중계를 하고… 중계료로 50억씩 받아 내자구. 문화부에도 50억 내라고 하고!"

'힉! 채린 언니 콘서트를 공중파 삼사에서 중계를 해?!'

정말 엄청난 반향이었다.

신채린이 팬들의 성원에 보답하기 위해 기획한 무료 콘서트.

단 30초 만에 티켓이 매진된 이 콘서트는 티켓을 구하지 못한 2백만 명의 신충이가 연대서명을 해 문화부부터 시작해서 감사원 청와대까지 정부 각 부처에 청원을 넣기에 이르렀다.

콘서트를 몇 회 연장해 주고 관람하지 못한 팬들을 위해 메이저 방송사에서 중계방송을 해달라는 골자의 청원이었다.

결국 정부에서는 해일처럼 쏟아지는 청원에 굴복을 했고 문화부 장관이 (주)SK1의 최고 관리자인 신동국 전무와 신채린을 만났던 것이다.

끝내 (주)SK1의 최고 경영자이자 실적인 실력자인 김완에게 공이 넘겨졌고.

바로 지금!

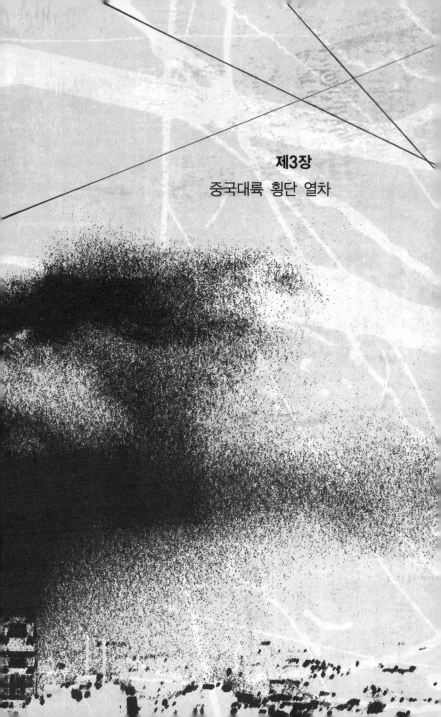

제3장
중국대륙 횡단 열차

세계유일의
남자

빠아아앙!

중국의 광주에서 신강의 우루무치로 향하는 특별 열차.

대륙을 가로지르는 호화로운 기차가 기적을 울리며 달려 갔다.

다섯 대의 차량이 달려 있는 객차였는데 KTX나 신칸센처럼 빠르지는 않았지만 왠지 무게가 있었다.

김완이 신혼여행 중인 정중환 부부의 편리를 위해 특별히 대여한 기차였다.

"레이스 만 받고 2만 더!"

"아잉, 자기야! 또 레이스야?"

"꼬우면 덮어! 아님 따라오구."

"아우 미치겠네, 너무 좋은 팬데……."

객실 한복판에 자리 잡은 테이블에서 김완과 무지민 정중환 부부가 둘러앉아 카드를 치고 있었다.

"레이스 2만 받고 4만 더!"

이번엔 정중환이 레이스를 했다.

탁자 위에 지폐가 수북하게 쌓여 있었다.

모택동, 주은래, 유소기 등 중국의 유명한 정치가들의 초상화가 보이는 것으로 중국화폐가 분명했다.

중국 돈과 한국 돈은 대략 1대 125 정도다.

한데 지금 테이블에 중국 돈이 수북하게 쌓여 있고 만이니 이만이니 하면서 배팅하는 것으로 미뤄 상당히 큰 판이었다.

황연주가 정중환을 째리며 카드를 내려 놨다.

"레이스! 4만 받고 8만 더!"

"아아이이잉, 자기야, 자기야, 넘해!"

김완이 계속해서 레이스를 이어갔고 무지민이 폭풍애교를 펼쳤다.

'화아, 정말 완이 오빠가 좋아할 수밖에 없겠어. 완전 애교쟁이에 섹스쟁이야.'

황연주가 기가 막힌 표정으로 무지민을 쳐다봤다.

네 사람이 특별 열차에 몸을 싣고 기차여행을 시작한 지 꼭 이틀째 48시간이 지났다.

그동안 황연주는 김완과 무지민 부부(?)에게 경악을 금치 못했다.

도대체 누가 신혼부부인지 헷갈렸다.

저녁 식사를 마치면 김완 부부는 어김없이 침대에 올라갔고 섹스를 했다.

그것도 새벽까지 쉬지 않고 했다.

당연히 무지민이 기차가 울리는 기적 소리보다 더 크게 신음성을 질렀고!

자기야, 나 넘 좋아. 아후, 어떡해, 어떡해!

이틀 동안 야동에 시달린 결과 무지민이 지르는 신음조차 외워졌다

―이 부부하고 다시 여행을 같이 가면 내가 이름을 바꾼다!

황연주가 지난 이틀 동안 김완 부부와 여행을 하면서 내린 결론이었다.

"아후, 어떡하지?"

카드를 든 채 고민하던 무지민이 땀이 나는지 그동안 좀처럼 벗지 않던 재킷을 벗었다.

'저, 저거 권총?'

황연주가 무지민이 가슴 쪽을 쳐다보며 흠칫했다.

무지민이 45구경 권총 꽂혀 있는 홀스터를 차고 있었기 때문이다.

황연주가 특수부대장이라는 무지민의 정체를 새삼스럽게 깨달았다.

바로 이때였다.

두툼한 국방색 야상을 걸친 이십대 사내가 잰 걸음으로 다가와 무지민에게 귓속말을 했다.

"없애 버려."

"옛!"

무지민이 의미를 알 수 없는 명령을 내렸고 이십대 사내가 씩씩하게 대답하며 몸을 돌렸다.

"아후, 죽었어."

뒤이어 무지민이 도저히 견딜 수 없었는지 카드를 덮었다.

"레이스! 5만 더!"

기다렸다는 듯 정중환의 레이스가 이어졌다.

정중환의 강력한 배팅이 이어지자 김완이 고민에 빠졌다.

쏙!

김완이 장고를 할 때 특별 열차의 맨 끝 차량 바닥에서 시커먼 복면을 쓴 괴한 한 명이 머리통을 내밀었다.

차차착!

마치 원숭이처럼 기차의 지붕 위로 기어 올라갔다.

아홉 명의 괴한이 똑같은 동작으로 선두에 선 괴한을 따라 지붕 위로 올라갔다.

사사사삭!

모두 열 명이었다.

하나같이 AK47자동소총으로 무장하고 있었고 얼룩무늬 군복에 복면을 쓰고 있었다.

오랫동안 훈련된 듯 아주 가벼운 몸놀림이었다.

차차착!

선두에서 리드를 하던 괴한이 점점 빠르게 달려갔다.

"……?"

한순간 괴한이 의아한 눈초리로 전방을 주시했다.

자신이 무척이나 빠르게 달려왔는데도 앞에 붙어 있던 차량과 자꾸만 멀어지는 느낌이 들었던 것이다.

느낌이 아니라 실제 멀어지고 있었다.

괴한이 타고 있던 차량과 앞 차량과 연결된 고리가 끊어졌기 때문이었다.

"씨발! 냄새를 맡았어, 철수… 컥!"

괴한이 명령을 끝까지 내리지 못하고 비명을 터뜨렸다.

큼직한 총알 하나가 괴한의 목을 관통하고 지나갔다.

두두두두!

찰라, 끊어진 차량 양옆에서 총탄이 그야말로 빗발처럼 쏟아졌다.

부우우웅! 두두두두!

좌우에게 장갑차 두 대가 달려오며 차량 지붕에 있는 괴한들을 향해 기관총을 난사했다.

"큭! 크아아악!"

아주 순식간에, 정말 순식간에 열 명의 괴한이 전멸을 했다.

구구구궁!

뒤이어 허공에서 무장 헬기가 출현했다.

무장 헬기가 기차 차량위에서 공회전을 했고 검은 제복을 걸친 수십 명의 군인이 차량 지붕 위를 향해 일제히 사격을 하면서 레펠을 타고 내려왔다.

턱! 턱턱!

피투성이가 된 괴한들의 시체가 차량 지붕 위에서 땅으로 떨어졌다.

뒤이어 얼룩무늬 군복을 입은 군인들이 달려와 재빨리 시체를 트럭에 실었다.

부우우웅!

트럭이 어디론가 사라졌다.

설명은 좀 길었지만 괴한이 차량 지붕 위로 올라간 지 딱 오 분만에 끝난 참극이었다.

13억 중국 인구 중에서 10명의 남자가 행방불명됐다.

아무도 찾지 않았다.

그들은 김완을 죽이려고 쫓아온 용병들이었다.

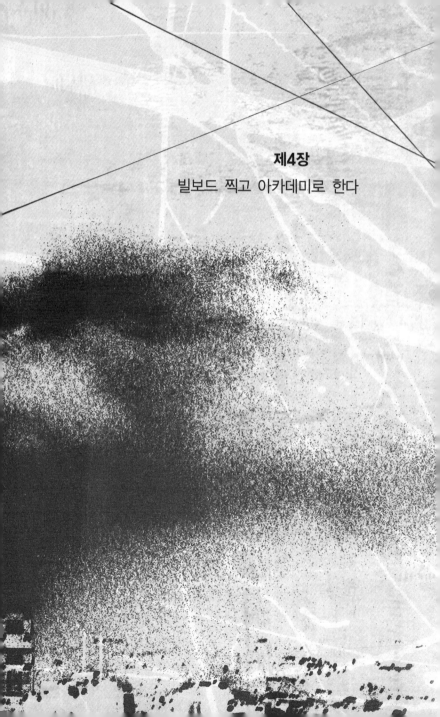

제4장

빌보드 찍고 아카데미로 한다

세계유일의
남자

겨울 아침 7시.

허철이 서울시 관악구 봉천동 산꼭대기에 있는 자취방을
떠났다.

잠실 올림픽 체조 경기장에서 10시부터 시작되는 '신채린
콘서트' 리허설에 참석하기 위해서였다.

술꾼이며 꼬장꾼인 허철은 원래 집에 불이 나도 서두르는
성격이 아니다.

어떤 모임이든 매번 지각을 했고 군에 있을 때조차 게으름
을 피워 깨지기 일쑤였다.

그런 게으름뱅이가 새벽부터 설치는 것은 허철이 존경하다 못해 경애하는 여성동지인 신 짱 콘서트였기 때문이었다.

만약, 허철이 신채린이나 김완과 친구가 아니었다면 신채린 같은 세계적인 여배우의 첫 번째 단독 콘서트에 세션맨으로 뽑혀 갈 수 있었을까?

불가능했다.

전국에 허철보다 기타 실력이 뛰어나거나 비슷한 세션맨이 적어도 삼십 명이 넘었다.

멀리 갈 것도 없이 (주)SK1에서 월급을 받고 연주실에 근무하는 세션맨들도 몽땅 한 수 위의 고수들이었다.

덕분에 허철은 막중한 책임감을 느끼고 합주 연습 내내 술한 잔 입에 대지 않고 제일 먼저 출근해서 제일 늦게 퇴근했다.

보물 1호인 최신예 병기 '마제스틱' 까지 장착하고!

마제스틱은 허철이 자신의 몸보다 더 아끼는 전자기타의 닉네임이었다.

몸값만 무려 3만 US달러 가까이 되는 미국의 유명한 기타 제조업체인 깁슨사에서 출시한 파이어버드9이라는 전자기타였다.

친구인 김완이 음악의 고장인 미국의 네슈빌을 방문했을 때 깁슨 본사에 가서 직접 사서 선물해 준 명품이었다.

삐잉!

허철이 교통 카드을 기계에 대고 개찰구를 통과하려 할 때 묘한 전자음이 들렸다.

잔액이 부족하다는 신호였다.

"120원?"

허철이 충전을 하려고 지갑을 꺼냈다.

이번에는 지갑 속에서 전자음 대신 차가운 바람이 쌩하고 쏟아졌다.

"으흐흐, 불쌍한 내 지갑! 돈은 십 원짜리 한 장도 없구. 달랑 학생증하고 민증뿐이네."

허철이 씁쓸한 미소를 지으며 황급히 지하철역을 빠져 나왔다.

별수 없이 자취방으로 돌아가서 화장실 변기 뒤에 숨겨둔 비상금을 털어야 했다.

"……!"

허철이 어떤 생각이 난 듯 눈을 반짝였다.

"개런티는 합주 연습이 끝나는 그날그날 쏴 드리겠습니다."

이렇게 말했던 (주)SK1외 총무 팀 방 대리의 말이 떠올랐기 때문이다.

"씨발! 보나마나 구라겠지만 그래도 메이저인 (주)SK1니까……."

허철이 반신반의하며 봉천역 앞에 있는 ATM기 부스로 걸어갔다.

일찍이 허철은 부산에서 기타의 신동으로 알려져 중학교 2학년 때 용돈을 벌기 위해 아빠 양복을 훔쳐 입고 밤무대에 오른 프로 기타리스트였다.

예술을 함네, 공연을 함네 하면서 설치는 인간들이 돈을 줄 때는 얼마나 더럽고 치사한지 아주 잘 알았다.

지금까지 허철이 만난 공연 기획자나 브로커들은 모조리 양아치에 깡패였다.

일당 10만 원씩 받기로 약속하고 7일 동안 작업했으니 70만 원이 들어올 것이다, 라는 지극히 당연한 예상을 하고 돈을 쓰면 피박을 썼다.

돈은 들어오지 않았고, 외상값만 늘어났다.

헉헉대면서 쫓아가 열심히 기타를 쳐주고 개런티, 일본식 발음으로 캐라, 출연료를 받지 못한 게 한두 번이 아니었다.

돈 달라고 한마디 했다가 돼지게 맞은 것도 한두 번이 아니었고!

진짜 돈을 줘야 주는 거고 내 손에 쥐기 전에는 절대 내 돈이 아니었다.

"……!?"

잰걸음으로 ATM기 부스 들어가 통장을 정리하던 허철은 찍혀 나온 잔액을 보고 눈이 휘둥그레졌다.

"자, 잘못 찍혔나? 웬 돈이 이렇게 많이 들어왔지?"

허철이 확인해 볼 요량으로 잽싸게 가방에서 계약서를 꺼냈다.

허철은 학교를 갈 때나 외출을 할 때는 반드시 귀중품 일체를 가방에 담아 어깨에 메고 나간다.

자취방을 세 번씩이나 털리고 얻은 뼈저린 교훈이었다.

을은 최종 공연까지 일일 3시간 반에서 4시간씩 합주 연습에 참여한다.

갑은 을에게 연습 수당으로 일일 20만 원씩 합계 200만 원을 지불한다.

갑은 을에게 본 공연 수당으로 100만 원씩 3회 300만 원을 지불한다.

모든 공연이 마무리되면 갑은 보너스로 100만 원을 을에게 지불한다.

갑은 을에게 총 합계 600만 원의 출연료를 지불하되 일일 수당 20만 원은 연습이 끝나는 당일 즉시 지불하고 본 공연 수당과 상여금은 공연이 끝난 후 사흘 후까지 지불한다.

허철이 깨알같이 적혀 있는 계약서를 살펴보며 인상을 썼다.

"분명히 맞는데? 어제까지 아홉 번 뛰었으니까… 한 탕에 20만씩 180만 원이 들어와야 되는데 0이 하나 더 붙었어? 1800만 원이나 돼!"

허철이 ATM기에서 현금 5만 원을 찾아 지갑에 넣고 통장과 지갑을 조심스럽게 챙긴 후 ATM기 부스를 나왔다.

"(주)SK1에서 실수로 0을 하나 더 붙여줬나?!"

허철이 눈을 껌벅거리며 자문자답을 하다가,

"미친 새키! 큭큭큭―"

스스로에게 욕을 퍼부으며 기괴한 웃음을 터뜨렸다.

공연기획사 측에서 세션맨들에게 약속한 개런티에서 0을 하나 더 붙여준다?

황당하기 짝이 없는 판타지 소설이었다.

하지만 0이 하나 더 붙어 들어온 건 사실이었다.

"신 짱이? 채린이가? 그건… 우리나라 돈이 어떻게 생겼는지도 모를 거구!"

허철이 이내 고개를 주억거렸다.

곧, 0을 하나 더 붙여 넣어준 범인을 잡았다.

(주)SK1의 실질적인 대장.

친구인 김완만이 이 말도 안 되는 범죄(?)를 저지를 위인이었다.

─리나 연말에 콘서트 한 대. 와서 도와줘!

김완에게서 걸려온 이 짧은 전화 한 통에 허철은 묻지도 따지지도 않고 한달음에 이태원에 있는 (주)SK1의 음악 연습실로 뛰어갔다.

몇몇 가수의 연말 콘서트에 섹션으로 참가할 약속을 모조리 취소한 채!

허철이 그동안 김완과 신채린에게 얻어먹은 밥과 술만 해도 1,000만 원어치는 족히 됐다.

이번 기회에 그 신세를 조금이나마 갚을 예정이었다.

한데 신세를 갚기는커녕 또 신세를 지고 말았다.

"맞아! 중국 외가에 간다고 했지?"

허철이 입맛을 다시며 휴대폰을 꺼냈다가 다시 품속에 넣었다.

고맙다는 인사를 하려다가 김완이 외국에 갔다는 사실을 상기했기 때문이다.

"술 작작 처먹고 선생질 열심히 해, 임미! 잎으로 괜찮은 일이 많을 거야. 기대해도 좋아!"

김완이 지난 가을 서울대학교 공연이 끝나고 허철에게 했던 말이었다.

"새끼는… 아무리 그래도 그렇지 뭔 돈을 이렇게 많이 줘!"

허철은 김완을 예수님이나 부처님보다 더 신뢰했다.

김완이 사과로 곶감을 만든다면 곶감은 사과로 만드는 것이었다.

하지만, 지금은 허철의 오해였다.

0이 하나 더 붙은 돈이 들어온 것은 신채린의 지시였다.

예정에 없던 메이저 방송 삼사에서 생방송으로 중계하는 콘서트.

그 방송 삼사에서 받은 중계권료를 콘서트에 참가한 모든 스탭에게 분배해 줬던 것이다.

또 김완이 허철에게 기대하라고 했던 말은 곧 설립할 사학 재단을 염두에 뒀던 말이었고!

"그래, 엄마! 대학원 등록금 해결됐어. 친구 잘 두니까 좋네. 씨발! (주)SK1에서 캐라를 왕창 쏴줬어."

허철이 5호선 전철 안에서 부산 자갈치 시장으로 막 출근하는 엄마와 통화를 했다.

"티켓?! 쫑순이도 보고 싶다꼬? 칵 직이뿐다 캐라!"

갑자기 허철이 고함을 치다가 열을 받았는지 특유의 경상도 사투리가 튀어나왔다.

"내 말 안 했나? 회사에서 티켓을 딱 한 장씩밖에 안 줬다 아이가! 아부지 꺼도 간신히 구한기라. 어무이도 뉴스 봤제? 티켓이 아니라 피 튀기는 피켓이란다."

목소리가 커지면서 주위에서 눈총을 주자 허철이 전화기를 든 채 자리를 이동했다.

"미진이 가시나한테도 전화 와싸 카는데 내는 능력읍다. 장당 1,000만 원이니 2,000만 원이니 하는 걸 내 우찌 구하노? 오야 돈 걱정 말고 KT 타고 온나! 간만에 아부지하고 셋이 밥 묵자. 내 맛있는기 사줄 끼다."

허철이 들뜬 음성으로 말했다.

"치우라 마— 읍는 표가 어데서 나오노? 2,000만 원 주면 중고세계캉 하는데서 구한 다카더라. 좋순이 가시나한테 그기 들어가 사라캐라! 끝는 데이."

다시 허철이 목청을 높이다가 짜증스럽게 전화를 끊었다.

"빨리 채린이 콘서트가 끝나야 못 살겠다 진짜! 대체 뭔놈의 표 타령들을 이렇게 해다는지 원……."

신채린이 자신의 팬들에게 보답하기 위해 기획한 연말 무료 콘서트!

범국민적인 압력에 의해 2회 공연을 더 늘렸음에도 불구하고 암표 값은 천정부지로 오르고 있었다.

덕분에 (주)SK1의 전 직원들과 허철처럼 섹션으로 참가하는 스탭들까지 티켓 전쟁에 시달렸다.

허철이 투덜대며 휴대폰을 주머니에 넣을 때 예쁜 눈동자 하나가 허철을 빤히 쳐다봤다.

중학생쯤 된 여자아이였다.

"사람 처음 보나? 와 그렇게 쳐다보는데?"

허철이 다시 경상도 사투리로 짜증스럽게 물었다.

"새우 눈에 돼지 코. 장발에 경상도 사투리. 기타리스트 허철… 맞네!"

"새, 새우 눈에 돼지 코?! 지금 나한테 하는 말이가?"

"야야ー 맞아, 맞아! 허철, 맞아!"

여자애가 허철의 말을 씹으며 저편을 돌아보며 손을 까불댔다.

십여 명의 여자애가 우루루 몰려왔다.

"정말이네? 허철 아저씨야?"

"아저씨, 허철 맞죠? 서울음대 작곡과 4학년!"

"신 짱 콘서트에 엘릭기타 세션으로 참가하는 부산 사나이."

여자애들이 질문 공세를 퍼부었다.

"오야! 내 허철 맞다. 니들은 누고?"

이번엔 허철이 질문을 했다.

"봐봐봐봐! 졸라 허철 아저씨 맞잖아?"

"기타로 부산 일대를 개박살 낸 허철이야, 씨발!"

"꺄아아아! 실물이 훨훨 낫다."

"진짜진짜 동영상으로 볼 땐 완전 노숙자였는데 직접 보니까 졸라 훈남이야!"

여자애들이 거침없이 욕설을 뱉으며 허철을 붙잡고 난리법석을 떨었다.

'귀, 귀찮게 생겼네. 이것들 예충이들이야.'

예충이들!

전국예술중학교와 예술고등학교 연극영화과 재학생들로 구성된 신채린 팬클럽 '예신사' 회원들을 가리키는 별칭이었다.

신충이들 중에서도 가장 악질(?)이라는 예충이들!

연영과 재학생들인 이들은 신채린을 살아 있는 신으로 모셨다.

신채린을 얼마나 빨아대는지 그 활동상이 옛날 히틀러의 유겐트나 모택동의 홍위병을 능가했다.

차도녀인 신채린이 예충이들에게 감격해 '예신사'를 신채린 공식 팬클럽이라고 인증해 줬다.

얼마 전에는 예중과 예고를 직접 방문해 전교생에게 고맙다는 인사말까지 했고!

지난번 서울대 공연이 끝난 후 맨 처음 방송사의 가요순위 프로그램과 각종 음원차트를 습격한 게릴라들이 바로 이들이었다.

"일단 싸인!"

여자애들이 큼직한 도화지와 매직펜을 내밀었고,

"인증샷!"

허철을 에워싸고 손가락으로 V자를 만든 후 대포로 마구 찍었다.

"이번엔 인터뷰!"

여자애들이 연영과 재학생들답게 고가의 촬영장비인 일제 소니 핸디 캠을 들이댔다.

"야! 즉빵 홈피에 올려야 돼. 잘 찍어!"

"오키오키!"

허철의 의사와는 전혀 상관없이 여자애들이 자기들끼리 상의를 하고 일사천리로 진행했다.

"처리 아저씨! 이번 신짱 콘서트에 대해서 몇 가지 물어봐도 되죠?"

맨 처음 허철에게 다가왔던 여자애가 다시 물었다.

"그, 글쎄!? 내가 아는 게 뭐 있나?"

"긴장하지 마시구요. 아시는 대로 솔직히 대답해 주세요.

신 짱 친구 분이고 이번 콘서트에 섹션으로 참가해서 벌써 열흘 동안이나 같이 연습하셨으니 우리 신충이들이 궁금해하는 것을 많이 알고 계실 거예요."

"그래!"

순식간에 서울 5호선 전철 안이 인터뷰 장으로 바뀌면서 구경꾼들이 빼꼭히 몰려들었다.

*   *   *

"흑!"

신충이들에게 시달리던 허철이 공연장인 올림픽체조경기장으로 가기 위해 올림픽공원역에서 내려 3번 출구로 올라왔을 때 자신도 모르게 마른 비명을 터뜨렸다.

살벌한 분위기 때문이었다.

족히 10개 중대 천여 명이 넘을 듯한 방석모에 방석복을 걸친 채 진압봉들을 든 전투경찰이 잠실 만남의 광장을 꽉 메우고 있었다.

거기에 장갑차를 앞에 세운 채 K2기관단총을 든 완전무장을 한 경찰 특공대 대대가 열을 지어 행군을 했고 여기저기서 검문검색을 했다.

이해가 갔다.

한미문화전쟁까지 촉발한 지구최고의 연예인이라는 신채린이 팬들에게 보답코자 하는 무료 공연이었다.

　신채린이 배우 생활 최초로 팬들을 생각해 시작한 아주 갸륵한(?)뜻 담긴 이 공연은 전혀 예술과 관계없는 곳에서 엉뚱하게 번지기 시작했다.

　신채린이 미국이 자본주의와 싸우는 한국의 애국투사처럼 변질이 되면서 눈치 빠른 정재계의 인사들이 앞다투어 이 신채린의 공연을 보고자 했다.

　보지 않으면 미제국주의자의 앞잡이가 되는 아주 기이한 상황이 연출됐다.

　때맞춰 서울에서 열리는 G20 정상 회담이 끝나고 우리나라 박두성 대통령과 미국의 케빈 대통령 등 국내외 VIP들이 직접 참석해 관람할 예정이었다.

　완전히 앙금이 가시지 않았기에 신채린의 팬들이 어떻게 변할지 예측할 수 없었기에 정부에서는 잠실 일대에 특별경계령을 하달했던 것이다.

　"시바! 역에서 여기까지 40분이나 걸렸네."

　허철이 세 번씩이나 검문을 당하며 만남의 광장을 가로 질러 간신히 체조경기장 정문 앞에 도착했다.

　"철아, 이쪽으로 와!"

　"예! 형님"

정문 저쪽에서 올해 꼭 오십인 우리나라 엘릭 기타의 일인 자라는 이정술이 허철을 불렀다. 드러머인 김대식과 건반을 치는 강상별과 함께 담배를 물고 있었다.

"좀 있다 들어가 분위기 살벌해."

"예?"

이정술이 바닥에 담배를 비벼 끄며 한마디 던졌다.

"형님! 원 팀장님 진짜 이러깁니까?"

"야, 박 사장! 몇 번을 말해야 알겠냐? 난 결정권이 없어. 너두 알다시피 이런 공연은 최고 대가리가 결정하는 거야!"

"푸우우! 미치겠네."

동시에 정문을 돌아가는 모퉁이 쪽에서는 세 마디가 날아 왔다.

*　　　*　　　*

신채린이 인상을 찌푸렸다.

본 공연을 하루 앞두고 있는 이때! 일 분도 아쉬운 지금!

신채린이 가장 싫어하는 일들이 여기저기서 마구 터지고 있었기 때문이다.

게스트가 어쩌구?

니켓이 어쩌구?

앨범 발매가 어쩌구?

쉽게 말하면 돈 문제였고 어렵게 말하면 정치 문제였다.

목소리는 서로 엄청 크고 잡아먹을 듯 핏대를 올렸지만 속내는 그렇지 않았다.

이 문제를 제시한 사람도 답을 줘야 될 사람도 서로 변죽만 울리고 있었다.

현재 대한민국의 원톱인 토탈 엔터테인먼트 회사 (주)SK1에서 이 문제를 해결할 수 있는 사람은 딱 세 명이었다.

신동국 전무와 김완 회장, 그리고 신채린뿐이었다.

하지만 이번 공연은 신동국 전무가 터치할 수 없었다.

분명히 (주)SK1 소속 연예인의 공연이었지만 그 주인공이 오너인 신채린이었다.

쓸데없는 일로 왕까칠쟁이 신채린의 비위를 건드리고 십지 않았다.

다음은 김완이었는데 공연 기획 단계부터 발을 빼더니 슬며시 세션을 맡기로 한 약속도 깼다.

겨우 두엣곡 하나 부르는 것으로 합의를 봤고!

게다가 지금은 아예 휴가를 내고 통화조차 되지 않는 곳에 있었다.

결국 해결할 수 있는 사람은 단 한 명 신채린이었다.

김휴? 박희진이는 또 누구야?

신채린은 나름 바닥에서 유명하다는 라이브의 귀재 김휴나 콘서트 가수로 유명한 박희진을 알지 못했다.

그런데 누구를 게스트로 오라고 한단 말인가?

게다가 티켓문제는 더욱 황당했다.

신채린은 자신이 영화가 상영되는 극장의 티켓조차 어떻게 생겼는지 몰랐다.

신채린은 스스로가 평했듯 경영자나 관리자가 아니었다.

오직 연기만을 아는 전형적인 배우였다.

…….

신채린이 얼굴이 발개지면서 코에서 하얀 김이 새어 나왔다.

"……!"

장부장이 흠칫했다.

신채린의 스트레스가 극에 달했다는 신호였다.

여기서 한발 더 나아가면…….

이번 공연은 끝이다.

말도 많고 탈도 많은 공연이 채 막을 올리지조차 못하고 엎어지게 된다.

"김휴 씨하고 박희진 씨를 오라고 하세요. 직접 오디션을 보죠. 마침 여기 우리나라 음악전문가들이 다 모이셨으니 이분들을 심사위원으로 모시고 오디션을 보자구요."

"그래그래! 그게 공평하겠다."

하늘에서 울리는 구세주의 음성.

김완이었다.

신채린이 바르고 있던 립크로스를 내던지고 VIP대기실에서 뛰어 나갔다.

"지, 지금 온 거야?"

"내 겨드랑이에 날개 달린 거 보이지? 새가 돼서 날아 왔다."

김완이 환하게 웃으며 걸어왔다.

철컥! VIP 대기실 문이 잠기었다.

김완과 신채린이 길게 입을 맞췄다.

"여보야… 나 안아줘."

"여기는 안 돼. 임마, 세계만방의 기자들이 몰려오고 있잖아?"

"피이! 사랑이 많이 식었어?"

"자식! 리허설 끝나고 집에 가서 하면 되지?

"알았어, 근데 왜 이렇게 늦게 온 거야? 씨이…….

"그건 뒤에 설명하고 일단 산적한 문제들을 해결하자!"

"응응!"

신채린이 대기실을 빠져나가는 김완이 등 뒤에 대고 대답했다.

그저 믿을 수 있는 사람은 우리 고추대왕밖에 없어.

"푸후—"

신채린의 입에서 안도의 한숨이 길게 뿜어져 나왔다.

＊　　　　＊　　　　＊

"이쪽에 의자를 더 깔면 되겠네. 백 석은 충분하겠어."

김완이 체조경기장을 둘러보며 말했다.

"이 부장님!"

"예, 회장님!"

다이어리를 든 채 김완 옆에 서 있던 사십대 남자가 대답했다.

"여기 VVIP석을 조금씩 좁히고 백 석쯤 더 까세요. 초대권 예쁘게 만들어서 백 실장님께 먼저 열 장만 드리세요."

"흐흐흐! 역시 김 전무가 와야 얘기가 돼."

초조한 표정으로 김완의 입을 바라보던 포마드까지 발라 머리를 넘긴 사십대 남자가 흐뭇한 웃음을 터뜨렸다.

"백 실장만 진급하시나? 우리 전무님도 진급하셨어."

"아, 죄송죄송. 회장님이 되셨다는 거 보고 받았는데 깜빡했어. 당장 승진축하 난 하나 보내줄게!"

포마드를 마른 사내가 황급히 체육관을 빠져나갔다.

"무대 세팅 바꾸세요. VIP들을 위한 공연이 아니라 국민들을 위한 공연이니까 국민들의 시선이 더욱 중요하겠죠."

김완이 체육관을 돌면서 계속해서 지시를 했다.

김완의 탁월한 정치력이 돋보이는 순간이었다.

이렇게 세기의 남을 특별한 공연이 시작되고 있었다.

*　　　*　　　*

쿡!

주름이 조글조글한 손이 노트북 컴퓨터를 켰다.

능숙한 솜씨로 키보드를 두드려서 인터넷에 접속했고 곧바로 유튜브에 들어갔다.

요즘 이국 여사는 유튜브에 올라와 있는 동영상을 감상하고 댓글을 읽는 것이 최고의 낙이었다.

이국 여사가 지금 감상하는 동영상 제목은 '황제가 가장 사랑한 여자' 였다.

전형적인 낚시류의 제목이었다.

이 14분 48초짜리 동영상을 올려놓은 사람의 정체는 모호했다.

하지만 조회수가 백만을 훌쩍 뛰어 넘은 것으로 미뤄 꽤나 인기 있는 작품임에 틀림없었다.

김완이 작년 가을 제주도에서 열렸던 삼성 카드배 PGA 투어 세계 남자 프로 골프선수권 대회에서 우승한 후 이국 여사를 번쩍 안아 들고 볼에 키스를 하는 모습이 담긴 동영상이었다.

—흘흘흘!

돋보기를 쓴 이국 여사가 평점이 가장 높은 댓글을 읽으면서 웃음을 터뜨렸다.

큰할머니는 개뿔— 김완 애인 맞구만.

어머! 큰할머니예요? 난 김완 씨 누난 줄 알았는데.

—애인? 누나? 정말 귀여운 녀석들이야.

백 년을 살아왔든 이백 년을 살아왔든 이국 여사가 여자임에는 분명했다.

반어법을 사용해 달아놓은 댓글이라는 것을 뻔히 알면서도 기분이 좋은 것은 여자로서의 본능이었다.

—근디 아무리 봐도 자주색 두루마기는 아니구먼. 색이 죽어!

이국 여사가 동영상을 보며 얼굴을 찌푸렸고,

—채린이가 선사한 황금색 두루마기를 입었으면 훨씬 화사했을 텐데… 내일이면 저승으로 떠날 한망구가 뭔 옷을 아낀답시구, 에잉—

십장생도가 새겨진 자개장을 열고 붉은색에 가까운 주황색 두루마기를 꺼냈다.

─역시 본견이여. 훨씬 귀티가 나!

이국 여사가 두루마기를 걸치고 거울을 봤다.

"헤에, 이쁘다. 큰할머니, 이뻐!"

그때, 서너 살쯤 된 꼬마 김완의 얼굴이 거울에 떠오르며 탄성을 질렀다.

─그러냐? 아가가 볼 때도 이 할미가 이뻐 보이느냐?

"웅웅! 때때옷 짱야. 큰할머니, 이뻐!"

이국 여사가 거울을 보며 말을 걸었고 꼬마 김완이 입가에 숯검정을 칠한 채 대답했다.

"지지 묻어 때때옷 벗어. 내가 밤 까났쪄. 먹자, 큰할머니!"

─오냐 오냐! 우리 아가가 기특하기도 하지. 이 할미를 주려구 밤을 다 까 놨구먼.

이국 여사가 두루마기를 벗어 들고 화로 앞에서 밤을 까먹고 있는 꼬마 김완에게 다가갔다.

빙그르르.

느닷없이 거울 속에 있던 꼬마 김완의 얼굴이 회전했다.

웡웡웡!

깊은 침묵 속에서 어디선가 개 짖는 소리가 아스라이 들려왔다.

이국 여사가 두 눈을 천천히 떴다.

김완이 활짝 웃으며 이국 여사를 포옹하는 사진이 눈에 들어왔다.

제주도에서 찍은 사진을 액자에 담아 안방 벽에 걸어 놓은 사진이었다.

이국 여사의 등에서 식은땀이 흘러내렸다.

두루마기를 꺼내 입어보다가 자신도 모르게 방바닥에 쓰러졌던 것이다.

기력이 쇠한 노인들에게서 흔히 나타나는 현상이었다.

—고맙습니다. 부처님!

이국 여사가 조심스럽게 몸을 일으켰고,

—대자대비하신 부처님께서 우리 아가와 이별할 시간을 주셨군요. 백 년이 넘는 세월을 기다려 주셨는데 그 며칠쯤이야, 흘흘흘…….

자신의 생명력이 다했음을 직감했다.

네 오라비는 언제 당도한다고 하더냐?

모름! 앤한테 직접 물어 보시압.

뒤이어 이국 여사가 스마트 폰으로 손녀인 김선우에게 문자를 보내자 즉각 퉁명스러운 대답이 날아왔다.

―이 녀석두 동영상을 봤구먼!

김선우가 보낸 문자에서 애인이라는 낱말을 읽곤 쓴웃음을 지었다.

―……!

이국 여사가 다시 김완의 휴대폰 번호를 누르려다가 멈칫했다.

지금까지 이국 여사는 손자인 김완이 보고 싶어도 한 번도 먼저 전화를 하거나 문자를 보낸 적이 없었다.

밖에서 일을 하는 남자에게 집에 있는 여자가 먼저 연락을 한다?

남성우월주의가 팽배했던 구한말 왕가에서 태어난 이국 여사의 상식으로는 범할 수 없는 금기였다.

손자든 남편이든 남자이든 마찬가지였다.

컹컹컹! 두두두둑!

갑자기 개들이 요란하게 짖어대며 어디론가 몰려가는 소리가 들렸다.

―아, 아가가 왔구나!

이국 여사가 활짝 웃으며 그야말로 버선발로 뛰어나갔다.

오 할머니 댁에서 키우는 개들은 좀처럼 소란을 피우거나 몰려다니지 않는다.

대지가 팔천 평이 넘는 넓은 집에서 암묵적으로 정해져 있는 자신들의 구역을 어슬렁거리며 경계를 할 뿐이었다.

그렇게 훈련돼 있었다.

한데, 이토록 시끄럽게 짖어대며 대문 쪽으로 달려가는 것은 오랜만에 집에 오는 주인을 마중 나가기 위해서였다.

살벌해 보이기까지 하는 열 마리나 되는 맹견들의 주인.

김완이 돌아왔다.

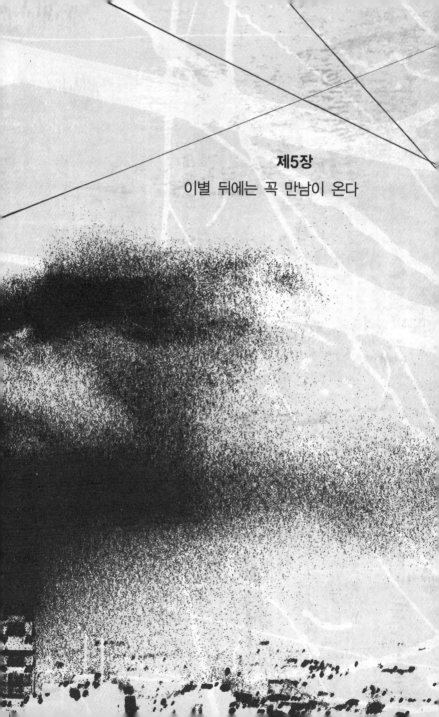

제5장

이별 뒤에는 꼭 만남이 온다

낑낑낑!

"좋아! 홀은 아주 건강해."

오버코트 차림의 김완이 활짝 열린 대문 앞에 서서 연신 재롱을 떠는 개들에게 둘러싸인 채 경호견으로 유명한 로트와일러 머리를 쓰다듬었다.

"홀은 됐구. 다음은 버디!"

이어 꼬리와 귀가 예리하게 잘린 시커먼 개에게 눈길을 줬다.

경비견의 대명사인 검은색 도벨만 피셔.

버디가 엉덩이를 흔들며 김완에게 다가왔다.

버디의 입을 벌려 살펴보고 온몸을 찬찬히 매만지며 신체 검사를 했다.

김완이 공주 집에 오면 옷조차 갈아입지 않은 채 맨 처음 하는 일.

개들의 건강 상태를 체크하는 일이었다.

부자는 가난한 자를, 젊은 사람은 노인을, 남자는 여자를, 강자는 약자를 무조건 도와주고 보살펴야 한다는 것!

널리 알려진 골프 황제 김완의 좌우명이다.

개는 사람에 비해 약자였기에 사람보다 먼저 보살폈다.

지독한 애견가인 김완은 개들에게 직접 주사를 놔줄 만큼 경험이 풍부한 야매 수의사였다.

"호오? 버디가 몸이 아주 좋아졌구나, 오케이! 핀!"

마피아 개로 유명한 케인 코르소가 꼬리를 치며 혀로 김완의 얼굴을 핥았다.

"우리 핀 너무 튼튼한데. 조만간 장가 한 번 더 가야겠다."

김완이 미소를 지으며 핀의 건장한 꼬추를 톡톡 쳤다.

이때, 청아한 음성이 뒤에서 들려왔다.

"나쁜 녀석… 늘 강아지들이 먼저구나!"

다섯 할머니 중에 막내 할머니인 윤정 선생이 손수건으로 눈물을 훔치며 서 있었다.

그 옛날 이화여자대학교에서 국문학을 전공하고 충남여고 교감 선생님을 마지막으로 정년퇴임한 김완의 친할머니였다.

김완을 서울법대에 들여보내고 동생인 김선우를 경찰대학에 수석 입학시킨 무서운 능력자이기도 했다.

"헤에― 우리 윤 샘 엄청 예뻐졌네!"

김완이 환하게 웃으며 장갑을 벗어 던지고 윤정 선생을 꼭 끌어안았다.

"아휴! 녀석아……."

눈물이 그렁그렁 맺힌 윤정 선생이 김완의 얼굴을 찬찬히 쓰다듬었다.

"밥은 잘 챙겨 먹었어? 어디 아픈 데는 없구? 곤륜의 어르신들은 다 무고하시디?"

"하하하! 난 아주 좋아. 사부님들도 평안하시구."

"그래그래. 다행이구나!"

윤정 선생이 연신 질문 공세를 퍼부으며 또다시 눈물을 훔쳤다.

김완이 공주 집에 돌아오면 먼저 개들을 살피는 게 일이듯 윤정 선생도 김완을 보면 먼저 눈물을 흘리는 게 일이었다.

큰할머니인 이국 여사처럼!

사실, 윤정 선생만큼이나 드라마틱하게 살아온 사람도 드물다.

서울에서도 손꼽히는 명문가의 딸로 태어나 대학시절 남편을 만나서 연애를 하다 결혼을 했고 달랑 아들 하나를 낳은 뒤 사별했다.

젊은 나이에 홀로 되어 시고모, 시어머니, 시할머니 등 네 명의 시어른을 모시고 살아왔다.

설상가상으로 천금 같은 아들 내외마저 잃었고!

그래서 그런지 윤정 선생은 손자인 김완을 볼 때마다 먼저 떠난 남편과 아들이 떠올랐다.

덕분에 늘 웃음보다 눈물이 앞섰다.

"울 앤은 이백은 간단히 넘기겠네. 얼굴이 완전 이십대 아가씨야!"

─흘흘흘! 요즘 같으면 삼천갑자를 살았다는 동방삭이 만큼 살아보고 싶구나.

김완이 마치 귀여운 여동생에게 하듯 볼을 톡톡 치며 말하자 이국 여사가 만면에 홍조를 가득 띤 채 양손을 어지럽게 저으며 수화를 했다.

"삼천갑자면 십팔만 년인데, 이국 여사라면 가능할 거야 부처님하고 친구잖아?"

─으크크크크!

김완이 천연덕스럽게 고개를 주억거렸고 이국 여사가 파

안대소를 터뜨렸다.

혀를 다쳐 말을 못하는 이국 여사가 김완 앞에서만 보이는 특유의 웃음이었다.

언젠가 여동생인 김선우가 잠깐 소개했듯 김완이 절대적인 권력을 휘두른 곳은 골프장이나 (주)SK1 같은 회사가 아니었다.

바로 지금 김완이 서 있는 이 집이었다.

칠대 독자인 김완은 갓난쟁이 시절부터 이미 소황제였다.

밥을 먹을 때 백 세가 훨씬 넘은 고조모가 옆에서 시중을 들 정도니 할머니들이 김완을 어떻게 키웠을지 대충 상상이 되리라.

오늘처럼 할머니들에게 인사를 하기보다 개들을 먼저 돌보고, 또 할머니들에게 여사니 선생이니 하면서 버릇없이 굴어도 절대 야단치지 않았다.

네가 하고 싶은 대로 하고 살려무나!

집안의 최고 어른인 이국 여사가 김완을 이렇게 가르쳤다.

신통하게도 그 소황제가 대한민국에서 제일 잘나간다는 고등학교와 대학교를 들어갔고 세계 최고의 스포츠 스타가 되면서 진짜 황제가 됐다.

가장으로서의 권위 또한 무소불위기 됐고!

—시장할 텐데 어서 들어가자꾸나, 아가야!

"웅! 근데 아가씨들 셋이 없으니 무지 허전하네."

이국 여사가 김완을 재촉했고 김완이 세 할머니를 찾았다.

"둘째 할머님은 지금 심양이시래. 나흘 후에 도착하신다고 전화주셨어. 셋째, 넷째 할머님들은 다음 주에 오실 테구."

오 할머니 댁에는 대대로 내려오는 독특한 풍습이 있었다.

그중 하나가 동짓달 초순이 되면 어김없이 김장을 하고 메주를 쒀서 장을 담그는 일이었다.

그 일이 끝나면 집안의 여자들은 고향이나 친정으로 나들이를 갔고!

한 해 동안 고생한 여자들에게 주어지는 일종의 휴가였다.

집안 풍습대로 둘째 할머니인 석초란 여사는 친정인 중국으로, 셋째, 넷째 할머니는 시댁이 있는 일본과 강원도로 떠났다.

"윤 샘도 서울에 다녀와야지?"

"할머님들 오시면……"

"아냐, 내일이라도 가! 내가 집에 있는데 뭘."

윤정 선생이 말꼬리를 흐리자 가장인 김완이 단호하게 휴가를 명했다.

―그러려무나. 사돈께서 편찮으시다는데 빨리 가서 뵈야지!"

"네에, 할머님!"

이국 여사도 동의했다.

사돈이란 윤정 여사의 친정 오빠를 뜻했다.

"마침 잘됐다. 이리 와, 봐봐!"

김완이 이국 여사와 윤정 선생의 손을 잡고 넓은 마당 한편에 아무렇게나 파킹시켜 놓은 벤츠 ML63 SUV 승용차 쪽으로 걸어갔다.

알다시피 골프 황제 김완은 벤츠 자동차 회사의 메인 모델이다.

공식적인 자리에 참석할 때는 꼭 벤츠 자동차를 이용해야 했고 때때로 다양한 종류의 벤츠 자동차를 바꿔 타야 한다.

김완은 공주 집에 올 때면 애마인 벤츠 600 대신 비포장도로에서도 씩씩하게 달리는 사륜구동형인 벤츠 ML63 SUV 승용차를 애용했다.

지금 같은 겨울엔 꼭!

덜컹! 김완이 SUV승용차 트렁크를 열었다.

"LA에 갔을 때 윤 샘 좋아하는 프라다 핸드백 하나 샀어. 서울 갈 때 들고 가!"

"프, 프라다 핸드백?! 그 귀한 녀석을 뭐하러 사와? 엄청 비쌀 텐데 아휴!"

명품 핸드백이 기대가 되는지 윤정 선생의 얼굴이 빌긓게 상기됐다.

고운 얼굴과 상냥한 말투에서 짐작할 수 있듯 윤정 선생은 내로라하는 명문대학을 나와 평생을 교사로서 봉직했다.

그 영향으로 집안에서도 정장을 갖춰 입었다.

우리나라 오피스 걸들이 가장 선호한다는 프라다 백의 명성 정도는 가볍게 꿨다.

"전 세계에 딱 삼백 개 깔린 명품이라는데 LA 매장에는 두 개밖에 없더라구. 한정 판매라서 더 이상 나오지도 않는대!"

"그래서 두 개만 사왔어?"

"아니, 루이뷔통 핸드백을 사긴 했는데 프라다만 못한 것 같아."

김완이 트렁크에서 큼직한 여행용 가방을 꺼냈다.

"세 아가씨는 나중에 주고 이국 여사랑 윤 샘이 먼저 골라, 하하하!"

"어떻게 그렇게 해? 할머님들 오시면 먼저 보여드려야지."

─괜찮다. 이 할미도 혁중 에미 덕에 프라다 핸드백을 들어 보자꾸나!

"아후후… 할머님 두 참?"

칠대 독자인 김완은 어릴 때부터 할머니들과 동생을 보살펴야 한다는 책임감에 골몰했다.

할머니들은 조부모이기 전에 돈을 벌어 먹여 살려야 될 식솔들이었다.

갓난쟁이 시절부터 그렇게 세뇌되어 있었다.

김완이 서울법대를 휴학하고 일본에 건너가 프로골퍼가 된 결정적인 이유였다.

오늘처럼 오랜만에 집에 돌아올 때면 절대 빈손으로 오지 않았다.

할머니들과 동생에게 줄 선물들을 바리바리 싸가지고 왔다.

자유의 여신상 열쇠고리부터 BMW 자동차까지!

가장인 김완이 공주 집에 오는 날은 오 할머니 댁에 장이 섰다.

*　　　　*　　　　*

먹고 자고 먹고 자고, 자고 먹고 자고 먹고.

그동안 소비된 선천지기가 충전될 때까지 그렇게 시간을 보낸다.

김완이 공주 집에 도착하면 두 번째 하는 일이었다.

시간이 얼마나 흘렀을까?

깍깍깍!

까치 가족이 아름드리 느티나무 위를 날아다니며 따사로운 겨울 햇빛을 즐겼다.

편안한 트레이닝복으로 갈아입은 김완이 사랑채의 누마루에 서서 까치들을 쳐다봤다.

까치들이 지저귀는 소리가 왠지 자신을 환영하는 소리처럼 들렸다.

"훗!"

김완이 잇새로 웃었다.

언젠가 일본으로 떠날 때는 흉조를 예견하는 까마귀 소리처럼 들렸던 것이 떠올랐기 때문이다.

같은 소리라 해도 상황에 따라 다르게 들린다.

한겨울의 오후로 넘어가는 이때…….

김완의 몸은 쾌청 마음은 평화였다.

프로 골퍼인 김완은 매해 1월 중순부터 강도 높은 동계훈련에 돌입한다.

뒤이어 미국으로 건너가 필드 적응 훈련을 끝낸 뒤 3월 초순부터 경기에 출전했고!

이 년 전부터 KPGA, JPGA, EPGA, PGA 등에서 개최하는 모든 경기의 평생 출전권을 갖고 있는 김완이 스스로 짜놓은 스케줄이었다.

1월 초순인 지금은 달콤한 휴가였다. 할머니들처럼!

"흠흠!"

김완이 맛있는 냄새를 맡았다.

사랑채에 딸려 있는 부엌에서 풍기는 냄새였다.

타타탁!

윤정 선생이 널찍한 전형적인 재래식 부엌에서 큼직한 가마솥이 걸린 아궁이 앞에 앉아 장작불을 때고 있었다.

"안녕, 윤 샘!"

"잘 잤니?"

"응! 근데 뭐하는 거야? 맛있는 냄새가 나네."

"우리 완이가 좋아하는 잡곡밥."

김완이 부엌으로 들어오며 물어보자 윤정 선생이 미소를 띠며 대답했다.

"쩝쩝! 침 넘어간다. 우리 집 잡곡밥은 일품인데……."

"조금만 기다려. 삼십 분이면 돼."

김완이 입맛을 다시며 윤정 선생 옆에 주저앉았다.

김완은 요즘 세대답지 않게 육식보다 채식을 즐겼다.

사부이자 주치의인 석초란 여사에게 길들여진 식습관이었다.

하지만 김완이 먹는 잡곡밥을 우리가 아는 보리, 콩 등을 넣고 짓는 밥으로 생각하면 큰 착각이다.

할머니들이 김완에게 해주는 잡곡밥은 단순히 콩이나 보리 같은 다섯 가지 잡곡을 섞어 짓는 밥이 아니었나.

콩, 보리, 쌀, 팥에 호두, 잣, 밤, 은행 등 다양한 견과류와 더덕이나 도라지, 어느 때는 인삼이나 산삼까지 넣고 지었다.

"그런데 왠이야?"

윤정 선생이 열려 있는 부엌문이 마음에 걸리는지 힐끗 쳐다보며 나직이 입을 열었다.

"빽 속에 웬 돈을 그리 많이 넣어놨어?"

올 가을에 이 부엌으로 이사 온 생쥐 부부조차 들을 수 없는 목소리였다.

"윤 샘 품위 유지비."

"나, 나두 돈 있어. 연금도 꽤 나오잖아!"

"서울 할아버지 입원하셨다며? 병원비 좀 보태드려. 친구분들 만나면 무조건 윤 샘이 밥 사구. 골프 황제가 손자인데 어쩌고 하면서 볶아대실 거 아냐?"

"우후후, 그러잖아도 난리야, 난리! 공주까지 쫓아올 기세야."

겨울의 한낮.

장작불이 타오르는 아궁이 앞에서 할머니와 손자가 나란히 앉아 도란도란 얘기를 나눴다.

"내 차 운전하는 박 대리 알지?"

"응! 우리 집에도 여러 번 왔었잖아."

"곧 박 대리가 차 가지고 내려올 거야."

"……!"

"그 차 타고 서울 가. 서울 가서도 버스나 지하철 타지 말고 그 차 써! 박 대리한테 수고비 충분히 지불했으니까 신경 쓰지 말구."

"놀러 가는데 뭘 그렇게까지 해……."

"오십 년 동안이나 고생했는데 편할 때도 됐어."

"애는? 할머님들이 고생하셨지 내가 뭘 했다고 그래?"

"서울 가면 할아버지나 친구 분 댁에서 묵지 마. 요즘은 옛날과 달라서 손님 오는 거 싫어해."

"그, 그건 나도 아는데 자꾸 잡으니까 그렇지!"

"시키는 대로 해. 윤 샘 나이에 왜 남의 눈치를 보나? 방배동 집 뒀다 뭐할 건데? 편하게 방배동 집에 머물면서 박 대리 불러서 왔다 갔다 해! 윤 샘 좋아하는 그……."

"살짝 구운 암 송아지 스테이크와 보르도 산 와인."

"그래! 그 스테이크와 와인, 친구 분들 하고 그것도 먹구."

"알았어, 알았어. 그렇게 할게. 울 애기가 출세하니까 너무 너무 좋다!"

쪽!

윤정 선생이 김완이 예뻐 죽겠다는 듯 볼에 뽀뽀를 했다.

정말 예뻤다.

윤성 선생은 손자인 김완을 보면 힘들었던 지난 세월이 서설로 잊혀졌다.

남편과 아들이 살아 있었다면 이렇게 잘 헤아려 줬을까?

아마 수발들기에 바빴을 것이다.

윤정 선생에게 김완은 손자이기 전에 세상에서 가장 멋진 남자였다.

불쑥!

황소만 한 도사견, 드라이버가 제 이름하고 똑같은 골프채 1번 우드 드라이버를 입에 문채 부엌문 위로 큼직한 얼굴을 디밀었다.

"하하, 녀석! 산보하자고 왔구나?"

김완이 골프채를 받아 들며 드라이버의 머리를 쓰다듬었다.

그리고 주머니에서 큼직한 육포 한 점을 꺼내 입에 물려줬다.

개들을 끔찍하게 아끼는 김완은 늘 이렇게 대했다. 사랑으로!

"금방 와. 된장국도 다 끓었어!"

"알았어."

윤정 선생이 부엌을 나서는 김완을 보며 다짐을 받았다.

"근데 윤 샘하고 아궁이는 어울리지 않네."

"바보… 아궁이랑 어울리는 사람이 따로 있니?"

"윤 샘이 학교하고는 아주 잘 어울렸거든. 그냥 선생님이었어."

"교사 생활을 오래해서 몸에 배서 그런 거야."

김완이 미소를 띤 채 물끄러미 쳐다보며 말하자 윤정 선생이 수줍게 받았다.

"오늘 아침에 멕시코만에서 퍼올린 검은 황금이 미국 달러로 바뀌어서 내 계좌에 입금됐더라구. 한화로 계산하다가 0이 너무 많아서 포기했어."

"정말이야?!"

김완이 뜬금없이 멕시코 만에서 퍼 올린 검은 황금, 석유 얘기를 꺼냈다.

김완이 90% 지분을 갖고 있는 석유회사 (주)멕사코(MEXAKO)에서 돈이 들어왔다는 말이었다.

윤정 선생은 어렵지 않게 알아들었다.

김완이 공주 집에 올 때마다 할머니들에게 자신이 하고 있는 일들을 세세히 얘기해 줬기 때문이다.

"아궁이 앞에 앉아서 장작불 피는 할머니보다 금강학원 재단 이사장 윤정이 훨 폼난다 그지?"

"재, 재단 이사장이라니? 무슨 소리야?"

김완이 이번에는 또 느닷없이 학교법인 얘기를 꺼내자 윤정 선생의 눈이 커졌다.

"지난번에 얘기했던 그 사학재단… 내년에 설립할거야. 윤 샘도 준비해."

"흡!"

김완이 몸을 돌리며 말했고 윤정 선생이 너무 놀라 마른비명을 터뜨렸다.

멕시코만에서 벌어들인 돈으로 사학재단을 설립해 학교를 세우고 그 재단 이사장직을 윤정 선생에게 맡기겠다.

오래전에 김완이 장난처럼 던진 말이었기에 윤정 선생은 반신반의했다.

한데, 이제 시간까지 정해서 준비하라고 한다.

이번에는 장난이 아니라 진짜였다.

사학재단을 설립해 학교를 운영하는 일.

교사였던 윤정 선생의 꿈이었다.

지금 김완이 그 꿈을 반쯤 이뤄줬다.

"내 새끼지만 너무너무 잘났어, 정말!"

윤정 선생이 드라이버와 함께 걸어가는 김완의 뒷모습을 보면서 또 눈물을 훔쳤다.

*   *   *

김완이 드라이버를 데리고 수령조차 파악이 안 되는 노송들로 우거진 연못 쪽으로 천천히 걸어갔다.

공주 집에 돌아와 세 번째 하는 일.

집안 곳곳을 돌아보는 일이었다.

딱히 뭘 어떻게 하겠다는 것이 아니라 그저 어릴 때 아버지가 김완의 손을 잡고 했던 일을 답습하는 것이었다.

확실히 오 할머니 댁은 우리가 그동안 봐왔던 고택들과는 많이 달랐다.

막대한 돈을 쏟아부은 흔적이 역력했다.

거대한 용처럼 보이는 화강암 돌담이 아흔아홉 칸이 넘는 한옥을 에워쌌고, 지붕은 시멘트나 점토기와가 아닌 좀처럼 보기 힘든 동기와가 올려져 있었다.

특히, 다른 한옥들과는 달리 나무가 유난히 많았다.

좌불상처럼 자리 잡고 있는 바깥마당의 은행나무를 시작으로 느티나무, 측백나무, 소나무, 잣나무, 사철나무 등 사계절 푸른 상록수들이 군락을 이루며 건물과 건물 사이를 가르는 울타리를 만들었다.

마치 우거진 숲 속에 한옥을 띄엄띄엄 지어 놓은 듯했다.

우당탕!

김완이 사랑채를 한 바퀴 돌고 막 별당채 쪽으로 들어 설 때 장작더미가 쏟아져 내렸다.

반백의 오십대 사내, 송병시가 리어커에서 장작을 내려놓았다.

김완의 친구인 송일섭의 아버지였다.

김선우의 친구인 송정은의 아버지이기도 했고.

"도토리 나무네요, 아저씨?"

"그려. 접짝 큰 산이서 간벌 했디야! 톤당 4만 원씩 주고 사 왔어."

김완이 참나무 장작을 집어 들며 말을 붙였고 송병시가 진한 충청도 사투리로 대꾸했다.

큰 산은 계룡산을 뜻하는 말이었다.

"몽땅 실어 오시지 그러셨어요? 할머니들 장작 좋아하시는데."

"30톤이나 샀는디 뭐. 더 이상 쌓아 놀디두 웁써!"

"하하하, 네!"

"싸게 가서 운동허여. 여긴 나 혼자 혜두 충분혀!"

"예, 아저씨!"

김완이 가볍게 목례를 하며 돌아섰다

"윤 슨상님 헌티 얘기 들었지?"

송병시가 마치 행랑채 처마 밑에 쌓고 있는 장작과 대화를 하듯 말했다.

"아, 참 축하드려요 아저씨! 일섭이하고 같이 사시기로 하셨다면서요?"

김완이 다시 몸을 돌리며 말을 받았다.

"메느리가 또 애를 가졌다니 워떡혀? 부모 된 죄로 가서 봐 주야지."

"잘됐네요. 아들하고 사시면 좋잖아요. 손자들도 보시고. 언제든지 공주에 놀러 오세요. 마산에서 여기까지 금방인데요, 뭐."

"미안혀! 내 죽을 때꺼정 자네 집일을 도와주고 싶었는디 도리가 웂구먼."

"아이구, 무슨 말씀이세요? 그동안 도와주신 게 얼만데요. 이제 우리 집일은 신경 쓰지 마세요. 밤골 영춘이 아버님이 맡아주신대요."

"그런감? 영춘이 아버지라면 잘헐껴. 자네 아버지하고도 가까웠으니께."

"마산 내려가시기 전에 날 잡으세요. 제가 동네 분들 모시고 시내 나가서 멋지게 송별식 해 드릴게요 하하하!"

"빈말이라두 고맙구먼."

"그럼 수고 하세요 아저씨."

"이 그려."

김완이 가볍게 고개를 숙인 후 드라이버와 함께 사철나무 울타리 쪽으로 사라졌다.

"송별식이라?"

송병시가 가늘게 한숨을 쉬었고,

"왠지 늦은 감이 있어."

다시 장작을 쌓으며 의미를 알 수 없는 말을 읊조렸다

한데, 김완의 할머니들이 장작을 좋아하긴 좋아하는 모양이었다.

나뭇간부터 헛간까지.

사랑채부터 안채 별채 행랑채 문간채 사당까지.

쪽마루부터 대청마루까지.

비를 피할 수 있는 공간에는 어디든지 장작이 쌓여 있었다.

집안의 난방시스템을 보일러로 바꾼 것이 무색할 정도였다.

김완이 할머니들의 장작 사랑에 경의를 표하며, 농기구를 보관하는 광을 살펴본 후 어린아이 머리통만 한 맹꽁이자물쇠가 잠겨 있는 곳간 앞에서 멈췄다.

오 할머니 댁에서 유일하게 자물쇠가 채워져 있는 곳이었다.

김완이 기둥 사이에 숨겨져 있는 열쇠를 꺼내 서슴없이 곳간 문을 열었다.

"여기도… 우리 할머니들은 여전하네. 후후훗!"

김완이 자신도 모르게 쓴웃음을 흘렸다.

널찍한 곳간에는 백여 자루의 곡식이 가득 쌓여 있었다.

그랬다.

김완의 할머니들은 예나 지금이나 변함이 없었다.

집안 곳곳에 장작을 빼곡히 쌓아 놓았고 곳간에 곡식을 잔뜩 쟁여놓았다.

할머니들은 김완 세대와 달리 피 비린내 나는 전란과 보리고개를 겪으며 굶주림 속에서 살아 왔다.

겨울이 오기 전에 양식과 땔감을 장만하는 것은 생존 본능이었다.

수백 석의 쌀이 곳간에 쌓여 있고 수만 짐의 장작이 그득해도 절대 낭비하지 않았다.

웬만해서는 보일러를 틀지 않았고 조금씩 나무를 때서 취사와 난방을 해결했다.

계산조차 하기 힘든 천문학적인 돈이 자신들의 손자 계좌에 쏟아져 들어오는 이 순간에도 할머니들의 근검절약은 계속됐다.

실은, 지금 김완이 집안을 살펴보고 곳간을 열어본 것도 양식과 장작이 부족한 듯싶으면 할머니들 몰래 채워 넣기 위해서였다.

아버지에게서 배운 일이었다.

우루루!

김완이 곳간을 빠져나와 중문을 지나 장녹대로 설어갈 때, 어느새 드라이버를 비롯한 열 마리의 개가 줄줄이 따라오고 있었다.

―왜 나왔어? 쉬지 않고!

수백 개의 옹기가 빽빽이 늘어 서 있는 장독대에서 걸레로 독들을 닦던 이국 여사가 김완에게 한쪽 손을 놀려 수화로 말했다.

김완이 집에 있을 때면 잔소리처럼 하는 말이다.

"헤에에! 독들이 더 늘었네?"

김완이 장독대를 돌아보며 탄성을 터뜨렸다.

이국 여사가 옹기들을 얼마나 열심히 닦았는지 반짝반짝 윤이 났다.

―이잉! 지난 가을에 여나무개 들여 놨어.

"식구들도 몇 명 없는데 이 많은 장을 누가 다 먹는대?"

―그러니께. 아가가 각시 데려와서 꼬마들 많이 만들면 되잖여. 흘흘흘······

"······!"

김완이 움찔했다.

이국 여사는 '신채린 자살 미수 사건' 이 있은 뒤부터 지금까지 설령 농담이라도 김완에게 결혼 얘기를 꺼낸 적이 없었다.

한데 이국 여사가 장독대 위로 지나가는 바람처럼 결혼 얘기를 흘렸다.

—엊그제 청와대에서 안주인이 내려왔두먼. 백두병원 한 박사 내외두 다녀갔고!

"전화 받았어. 이국 여사께서 맛있는 간장, 된장을 잔뜩 싸주셨다며?"

청와대 안주인은 박예원의 엄마인 오금숙 여사를 가리키는 말이었고, 백두병원의 한 박사는 한희라의 아버지였다.

—백 원장 내외하고 화영이두 왔었구 말여.

"……"

—윤 교감이 눈물을 보이더구나. 아가 덕분에 까맣게 잊었던 아들 친구를 다 찾아왔다고.

백 원장은 대검찰청 백화영 검사의 아버지를 지칭하는 말이었다.

윤 교감은 윤정 선생이었고!

손아래 사람과 대화를 나눌 때 쓰는 이국 여사 특유의 화법이었다.

—채린이 아버지도 연락이 왔더구먼그려. 그 인사는 우리 집안에 들이기 싫어서 유성 호텔에서 봤어. 올 봄에 아가 혼인 날짜를 잡자고 하든데…….

"……!"

이국 여사가 말꼬리를 흐리며 수화를 멈췄다.

즉답을 하지 않았다는 뜻이었다.

김완은 금방 눈치챘다.

이국 여사는 신채린은 받아들였지만 신동수 회장은 여전히 용서하지 않았다.

충분히 이해할 수 있는 일이었다.

이국 여사는 일본제국의 총칼에 남편과 아들, 그리고 자신의 혀와 다리를 잃었다.

하지만 손자인 김완이 그 원수의 앞잡이 노릇을 했던 집안과 인연을 맺겠다고 했을 때 온몸이 떨리는 것을 겨우 추스르며 허락했다.

한데 적반하장 격으로 신동수 회장은 상견례조차 거절하며 퇴박을 놨으니!

이국 여사가 죽어서 백골이 진토가 되도 잊지 못할 일이었다.

사실, 김완과 신채린도 이 부분이 계속 마음에 걸려 선뜻 결혼식을 올리지 못하고 있었던 것이다.

ー근디 혜경이는 왜 안 뵌디야? 강남이서 물장사 한다는 그 여아 말여!

"혜경이를 알고 있었어?!"

뜻밖에도 이국 여사의 입에서 강혜경의 이름이 튀어나오자 김완이 화들짝 놀랐다.

신채린이나 한희라, 무지민 등은 공주 집에 여러 번 놀러 왔었기에 할머니들도 잘 알고 있었다.

하지만 강혜경은 한 번도 공주에 내려온 적이 없었고 김완도 말하지 않았다.

다른 여자들과는 달리 불우한 환경 속에서 살아온 강혜경이기에 할머니들이 펄펄 뛸 것이 뻔했기 때문이다.

─몇 년 전에 서울에서 대면을 했구나. 우리 아가가 마음에 두고 있는 여아인데 어찌 이 할미가 모르쇠로 일관 하겠느냐?

"어이구─ 누가 우리 이국 여사 좀 말려 줘요!"

김완이 고개를 흔들었다.

─천생 여자더구나. 내 평생에 처음 만난 여자다운 여자였다. 시절을 잘 만났으면 틀림없이 왕비로 간택됐을 여아여.

"……!"

왕비로 간택됐을 여자.

이국 여사는 비버리힐즈 룸싸롱 마담이자 사장인 강혜경을 이렇게 평했다.

뜻밖의 극찬이었다.

─그 아이가 헤어질 때 딱 한마디 하더구나. 먼발치에서 나마 아가를 볼 수 있게 허락해 달라구!

"이 여편네는 무슨 그런 말을 해?"

김완의 얼굴이 일그러졌다.

─여편네라, 여편네라? 우리 아가한테 별말을 다 들어 보

는구나 오냐! 장차 우리 손자며느리가 누가 될지 감이 잡히는 구나. 흘흘흘……

김완이 아차 했다.

흥분을 해서 평소에 강혜경에게 쓰던 말이 튀어나왔던 것이다.

김완이 뭔가 변명하려 할 때 이국 여사가 걸레와 대야를 들고 천천히 장독대에서 중문 쪽으로 걸어갔다.

역시 이국 여사는 대단한 사람이었다.

강혜경이 중중퇴 학력으로 홀어머니와 함께 살다가 조폭들에게 납치돼 술집에 팔려갔고, 그 와중에 김완과 정중환을 알게 되면서 어찌어찌 룸싸롱 마담이 됐다는 것을 모조리 알고 있었다.

하지만 그런 사실은 묻지도 따지지도 않았다.

세계 최고의 스타, 서울대병원 의사, 영국왕실음악대학 교수, 대검찰청 검사 등등 초막강 스펙의 아가씨들을 만났음에도 불구하고!

"…그 아이라면… 우리 집안에 들어와서… 평생 동안… 이 장독대를 닦으며… 아가의 손발이 되어… 살 수 있을 것… 아주 괜찮은 아이……"

"어!?"

김완의 입을 딱 벌어졌다.

생전 처음 이국 여사가 수화가 아닌 육성으로 말을 했다.

비록 어눌하고 탁한 반벙어리 목소리였지만!

김완이 아주 오랜만에 들어본 이국 여사의 육성이었다.

강혜경을 최고의 손자며느리 감으로 여기는 그런 말이었다.

물론 이국 여사의 생각이었다.

또, 노인들의 마음은 아침저녁으로 바뀐다.

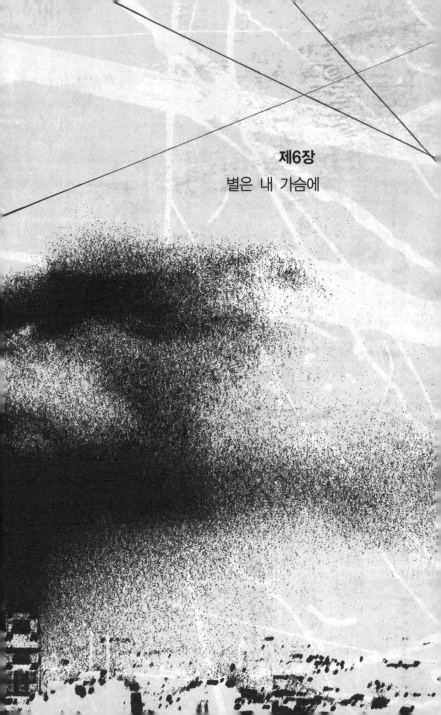

제6장

별은 내 가슴에

딱! 딱딱딱딱!

오 할머니 댁의 명물.

과거와 현재의 만남.

대나무 숲 옆에 그림처럼 자리 잡은 골프 연습장에서 화려한 골프 웨어를 걸친 예쁜 아가씨들이 공을 치고 있었다.

김완의 여동생인 경찰대생 김선우와 친구들인 공사생도 송정은, 경희 한의대생 홍지호였다.

"잠시 수급이 있겠습니다. 찐호 8만 5천 원, 콩징은 3만 1천 원 앞으로!"

김선우가 골프채 1번 우드, 드라이버를 든 채 특유의 거만한 자세로 손짓을 했다.

"미친다. 진짜! 도대체 얼마를 잃는 거야?"

"실력이 꽤 늘었다고 생각했는데 아직 멀었네!"

홍지호와 송정은이 지갑을 꺼내며 투덜거렸다.

"콩정은이! 찐호! 니들은 영원히 안 돼. 감히 엄마 뱃속에 있을 때부터 골프를 배운 모태 신동을 무슨 재주로 이겨? 우헤헤헤―"

김선우가 돈을 챙기며 개구쟁이 웃음을 터뜨렸다.

김선우 특기중 하나가 상대방 별명 만들어 부르기였다.

홍지호는 뚱뚱하다고 찐호나 찌호, 송정은은 소심하다고 콩정은으로 불렀다.

역시 부르주아 운동의 끝판 왕이라는 골프는 남자들보다 여자들이 해야 제맛이다.

김선우처럼 늘씬한 미모의 여대생들이 멋진 유니폼을 걸치고 골프클럽을 휘두르는 모습은 그대로 한 폭의 그림이었다.

한겨울에 봄을 보는 듯했고!

"골프 신동! 한 번 더해?"

"쭈아 공사 짱께서 존심 상했다, 이거지?"

"이번엔 쉽지 않을 거야. 아까는 몸이 덜 풀렸었어."

"오냐! 내일까지라도 기다려 줄 테니까 충분히 몸을 풀고 덤벼라, 흐흐!"

휘익─ 딱!

송정은이 열심히 드라이브샷을 날리며 타구를 컨트롤했다.

오늘만 벌써 세 번째 도전이었다.

"찐호는 워쩔껴?"

"난 아웃! 왕초보가 낄 자리가 아냐."

김선우가 기분 좋을 때 쓰는 충청도 사투리로 재도전 의사를 묻자 홍지호가 골프클럽을 내려놓으며 꼬리도 같이 내렸다.

"골프는 과학이야, 새꺄! 경희대 골프 동아리에서 띄엄띄엄 익힌 실력으로 기어올라? 늦게나마 주제를 알아서 다행이다."

친구 따라 강남 간다는 말이 있다.

친구가 서울의 압구정동이나 청담동을 갈 때 따라간다는 말이 아니다.

친한 친구끼리 어울리다 보면 서로 닮아 간다는 뜻이다.

당구 좋아하는 친구가 옆에 있으면 당구장을 출입하게 되고 술 잘 먹는 친구를 사귀면 술꾼이 된다.

송정은이나 홍지호도 마찬가지였다.

골프 황제의 동생으로 집에 골프 연습장까지 갖추고 있는 김선우와 친구가 되면서 아주 자연스럽게 골프를 접했다.

지금처럼 방학 때가 되면 김선우 집에 모여 놀면서 재미삼아 공을 쳤다.

더욱이 송정은은 김선우와 친자매처럼 지냈기에 김완에게 여러 번 레슨도 받았다.

공군사관학교에 골프 과목이 있었기에 더욱 열심히 했고!

"규칙은 전과 동! 대신 점 당 2천! 콜?"

"레이스… 점 3천!"

"오우 굿! 3천 콜."

"……!"

김선우가 판돈을 천 원에서 2천 원으로 올렸고, 송정은이 한 술 더 떠 3천 원을 부르자 홍지호가 화들짝 놀랬다.

송정은이 판돈을 올릴 줄은 예상하지 못했기 때문이다.

'진짜 정은이 많이 변했네. 중고딩 땐 이런 게임에 끼지도 못했는데 이젠 판돈까지 막 올려?'

홍지호가 놀란 눈으로 송정은을 쳐다봤다.

현재, 김선우 등은 골프 연습장의 타석에서 드라이버로 공을 쳐 50미터밖에 걸려 있는 사방 2미터짜리 표적을 맞추는 게임을 하는 중이었다.

정중앙에 맞추면 10점, 그다음은 9점, 8점, 7점… 아예 표적을 맞추지 못하면 0점.

이런 식으로 점수가 정해져 있었다.

표적을 맞출 때마다 타석 뒤에 부착된 전자스코어 보드에 빨강 불이 들어오면서 점수가 게시됐고.

방금 세 사람은 각기 열 개씩의 공을 쳐서 김선우 95점, 홍지호 10점, 송정은 64점을 획득했다.

2등, 3등은 1등에게 일점에 천 원씩 지불하기로 내기를 했기에 홍지호는 8만 5천 원을, 송정은은 3만 1천 원을 김선우에게 줬던 것이다.

이에 열 받은 송정은이 일점에 3천 원으로 올렸다.

스크린 골프장에서 동네 건달들이 하는 흔한 내기 방식.

김선우는 일 원짜리라도 걸어야 게임을 하는 전형적인 내기 꾼이었다.

'참 신기해. 공사에서 뭘 어떻게 가르치기에 콩정은이를 저렇게 바꿔놨지?'

홍지호가 의문을 가질 만도 했다.

고등학교 때만 해도 송정은은 하루에 말을 한마디도 안 할 만큼 내성적인 여학생이었다.

누가 살짝 몸을 스치기만 해도 경기를 했고 조금만 야한 농담을 던져도 얼굴을 붉히는 찌질이였다.

오죽하면 별명이 콩정은일까?

이 콩정은이가 공군사관학교에 입학하면서 완전히 바뀌었다.

콩이 아니라 큼직한 호박으로 변했다.

걸음걸이부터 시작해서 모든 행동이 씩씩해졌고 지금처럼 자기 의사를 명확하게 표현했다.

게다가 원래 군인 체질이었는지 뒤늦게 폭풍성장하면서 얼굴과 몸매에도 혁명적인 변화를 가져와 우아한 미스코리아가 됐다.

늘 양부모 눈치를 보면서 전전긍긍 살아온 송정은에게 먹여주고 재워주고 월급까지 주면서 공부를 시켜주는 사관학교는 가히 파라다이스였던 것이다.

우두두두!

그때, 드라이버를 비롯한 개들이 골프연습장으로 몰려 들어왔다.

개들이 연신 꼬리를 치며 김선우 주위를 맴돌았다.

"마침 잘 왔다. 우리 사랑하는 개시키들!"

김선우가 드라이버의 머리를 쓰다듬으며 사악한 미소를 머금었다.

"드라이버 기준! 일열 횡대로 집합! 이것들 동작 봐라?"

"빨랑빨랑 움직이지 못해? 차려 열중쉬어! 차려 열중쉬어!"

놀랍게도 드라이버를 비롯한 열 마리의 개가 김선우의 명령에 따라 일렬횡대로 집합해 두 다리를 들고 엉덩이를 땅에 부치며 사람처럼 차렷과 열중쉬어 자세를 반복했다.

그리 놀랄 것도 없다.

잘 훈련된 개들은 폭발물을 탐지하고 마약을 찾아내며 인명까지 구조한다.

간단한 제식 동작을 흉내 내는 것은 일도 아니다.

더욱이 김선우는 오 할머니 댁 개들이 가장 두려워하는 존재였다.

명령에 불복종하면 개거품(?)을 물게 만들었으니까!

"뒤로 돌앗!"

개들이 김선우의 명령에 따라 일제히 몸을 돌렸다.

"50미터 전방에 골프공을 물어온다, 실시─"

파파팍!

개들이 비호처럼 뛰어갔다.

"우헤헤헤, 캐디들도 고용했으니 본격적으로 공을 쳐볼까? 점 3천 여전히 변함없지, 콩정은?"

"원한다면 5천까지 받아줄 수 있어."

"어쭈쭈쭈구리, 콩정은이가 언제부터 이렇게 간이 커졌대?"

휙휙휙!

김선우와 송정은이 드라이버를 휘두르며 기 싸움을 했다.

"잘하다, 잘해! 경대생하고 공사생도가 내기 골프나 치고?"

김완이 드라이버를 든 채 천천히 골프 연습장으로 들어왔고,

"히히히, 공사생도 시키가 좀 컸다고 엉까잖아?"

"오빠 쫌 일찍 오지?"

김선우와 홍지호가 반갑게 맞았다.

"선우 좀 때려줘. 벌써 오만 원이나 뜯겼어, 씨이!"

"녀석… 목소리가 왜 그래? 감기 걸렸어?"

그리고 두 사람보다 한 발 빠르게 송정은이 참새처럼 날아가 김완의 품에 안겼고 김완이 부드럽게 송정은의 허리를 감쌌다.

"히이잉, 어제 이사했잖아? 힘들어 죽을 뻔했쪄."

"그래서 입술까지 부르튼 거야?"

"응응응! 봐봐봐… 물만 닿아도 아푸…….'

송정은이 귀엽게 입술을 내밀며 코맹맹이 소리를 냈다.

"개빡 친다. 저게 이제 대놓고 애교를 까네?"

"울 나라 하늘이 심히 걱정돼. 저런 여우가 지킨다니 말야."

"갈 데까지 갔구만. 콩정은이 말투가 아주 끈끈해!"

메롱!

김선우와 홍지호가 눈총을 쏘자 송정은이 김완의 팔짱을 끼며 혀를 쏙 내밀었다.

근본도 모르는 새끼들을 데려와 왜 이 개고생이랴?

툭 하면 송정은 엄마가 뱉던 말이었다.

근본도 모르는 새끼란 퍼즐은 송정은이 사관학교에 입학할 때 가족관계증명서를 제출하면서 맞춰졌다.

지난 가을 송정은은 천율초등학교 교정에서 김완과의 거사(?)에 실패한 후 학교에 돌아가 많은 생각을 했다.

마산으로 이사 간다는 소식을 듣고 결단을 내렸고!

김완에게 달려가 자신의 신상에 관한 모든 것을 털어놨다.

그날, 김완은 송정은을 아주 정성스럽게 안아줬다.

이제 김완은 송정은의 친한 동네 오빠가 아니라 듬직한 앤이 됐다.

휘이익 땅땅!

김완이 드라이버를 휘둘러 50미터 밖의 10점짜리 표적을 아주 손쉽게 맞췄다.

골프 황제의 샷이었다.

"어때?"

김완이 드라이버를 멈추며 송정은을 돌아봤다.

"아주 가볍네! 몸에 전혀 힘이 들어가지 않아."

"OK! 50미터 거리의 표적을 맞추는 게 목표라면, 비거리를 내기 위한 클럽인 드라이버가 아니라 정확도를 주로 하는 아이언을 써야 돼. 하지만 미션이 드라이버를 사용하는 거니까 최대한 힘을 빼고 부드럽게 쳐. 다시 스윙해 봐!"

"응, 오빠."

김완에게 원 포인트 레슨을 받은 송정은이 다시 스윙을 시작했다.

"무리수야, 무리수! 오빠한테 레슨을 받는다고 없는 실력이 당장 생기냐?"

"그래도 모르지? 선생님이 골프 황제잖아, 히히히!"

김선우가 비웃었고 홍지호가 추임새를 넣었다.

"그게 아니구……."

"이, 이렇게?"

"계란을 쥐듯 부드럽게."

김완이 송정은을 백허그를 하듯 껴안고 스윙을 교정시켰다.

―잤네, 잤어!

김선우와 홍지호가 마주보며 이렇게 말했다.

김선우와 홍지호는 친구인 송정은을 너무 잘 알았다.

다른 코치가 저런 자세로 골프 레슨을 했다면 둘 중 하나였다.

울면서 도망쳤거나 골프채로 머리통을 날렸거나!

사관학교에 들어간 후 모든 행동이 씩씩하게 바뀐 것으로 미뤄 머리통을 날렸을 확률이 높았다.

하지만 송정은은 지금 코맹맹이 소리까지 내며 아주 행복한 표정을 짓고 있었다.

김선우와 홍지호는 여성 특유의 직감으로 두 사람의 관계를 눈치챘다.

딱딱!

송정은이 타석에 들어서서 가볍게 드라이브샷을 날렸다.

"많이 좋아졌다. 가자, 드라이버!"

송정은의 샷을 지켜보던 김완이 열심히 골프공을 물어 나르는 드라이버를 불렀다.

드라이버와 함께 개들이 달려왔다.

타당!

송정은이 골프채를 던지며 잽싸게 김완을 따라 나섰다.

"야야, 콩정은! 3천 원짜리 해야지 어디 가?"

"나중에 해. 바보 경찰!"

김선우가 급히 송정은을 부르자 홍지호가 점잖게 말렸다.

앤하고 데이트한대 모르는 척해 이런 뜻이었다.

"봐 줬다, 짜식."

눈치 빠른 김선우가 홍지호의 말을 쉽게 알아들었다.

"…저 두 사람 진도 많이 나갔다, 그치?"

홍지호가 나직이 입을 열었다.

"일 치뤘어. 그것도 많이!"

"오, 오빠랑 정은이 잤단 말야?"

콱콱!

돌연 김선우가 손을 뻗어 홍지호의 봉긋한 가슴을 주물렀다.

"아후후, 이게 미쳤나? 징그럽게 어딜 만져!"

홍지호가 펄쩍 뛰었다.

"흐흐흐, 이게 정상적인 반응이다. 근데 아까 콩정은이는 어땠냐?"

"진짜?!"

"오빠가 백허그를 하면서 가슴을 쓰다듬고 허벅지를 떡 주무르듯 만져도 얌전했어. 아니, 얼굴까지 발개지면서 좋아하더라구. 이 웅큼한 새끼가!"

"그러네! 정은이는 누가 손만 만져도 난리를 치는데?"

"자식이 벌써 오빠 손길에 익숙해진 거야. 고로 찐한 연인관계다, 끝!"

"찐한 연인관계… 말 된다."

연애경험이 전무한 두 여대생이 친구의 현재 연애상황에 관해 추리를 했다.

아주 날카로운 결론이었다.

원래 음치가 노래를 더 잘 부르고 군대도 못간 놈이 총은
더 잘 쏜다.

김선우와 홍지호도 마찬가지였다.

"우리 승아 불쌍해서 어떡해?"

오지랖 넓은 홍지호가 육사생도이자 김완교도 중 하나인
류승아 걱정을 했다.

"따야! 승아보다 정은이가 더 불쌍해. 승아는 정은이랑 오
빠 사이를 알면 정말 포기할 거야. 정은이는 못 먹어도 고
구."

"맞아. 그게 함정이다. 채린 언니, 희라 언니, 어후후… 예
원 언니는 또 대통령님 딸이라면서?"

"과연 정은이가 이 막강한 후보자들을 깨고 우리 새언니가
될 수 있을까?"

김선우가 평소 캐릭터답지 않게 송정은을 걱정했다.

"신경 끄고 공이나 치자! 콩정은이도 옛날 찌질이가 아니
까 뭔 생각이 있겠지."

그리고 머리가 아픈 듯 말을 끊었다.

김선우의 전공은 연애가 아니라 내기와 싸움이었다.

"좋아! 대신 이번엔 핸디를 잡아 줘. 넌 10개, 난 100개."

"뭐어어어? 핸디를 90타나 잡아 달라구?!"

"당연하지, 이 나쁜 놈아! 벌써 15만 원이나 빨렸잖아."

"아써, 아써! 살다 살다 별 내기를 다해보네."

"히히히, 이제 좀 게임이 되겠다."

딱딱딱!

김선우와 홍지호가 다시 내기 골프를 시작했다.

몇 타만 줘. 핸디를 잡아줘.

아마추어 골퍼들이 내기 골프를 치면서 스코어를 맞출 때 흔히 쓰는 말이다.

*　　　　*　　　　*

쓰르르릉!

차갑지 않은 겨울바람이 대나무 숲을 쓸어갔다.

십만 평쯤 될까?

우리나라 중부지방에 주로 자생하는 왕대들이 드넓은 야산을 뒤덮고 있었다.

오 할머니 댁의 트레이드마크.

여러 TV 방송과 잡지에서 골프 황제 김완을 소개할 때 마다 꼭 배경화면으로 등장하는 그 대나무 숲이었다.

어린 김완에게 이 대나무 숲은 놀이터였다.

지금은 멘탈 수련원으로 바뀌었고!

"후우, 좋다! 내 놀이터……."

김완이 심호흡을 하며 대나무 숲에서 뿜어져 나오는 음이온을 만끽했다.

"치이, 난 무서워!"

"무섭긴 뭐가 무서워, 바보야."

송정은이 김완의 손을 잡은 채 귀엽게 투덜대며 어둑어둑한 대나무 숲을 걸어갔다.

드라이버를 비롯한 개들이 대나무 숲에 익숙한 듯 거침없이 따라왔다.

"이 대나무 숲에서 부는 바람 소리가 얼마나 무서운데? 딱 귀신 우는 소리라구."

"하하! 잘 들어봐. 귀신 우는 소리가 아니라 같이 놀자고 부르는 소리야."

쓰르릉…….

잘 들어 본 결과 송정은의 말이 맞았다.

정말 귀신 우는 소리처럼 들리는 바람 소리가 대나무 숲을 흔들었다.

송정은이 화들짝 놀라며 김완의 품으로 뛰어 들었다.

두 사람은 김선우의 추리대로 진도가 많이 나가 있었다.

예전처럼 쭈뼛거리지 않고 서슴없이 손을 잡고 스킨십을 했다.

"어릴 때 술래잡기를 하면 꼭 여기로 숨었어, 오빠."

"이곳으로 숨으면 너희가 못 찾았으니까."

"오빠를 찾아 이 숲을 헤매다 이상한 소리가 들려 돌아보면 귀신이… 아야!"

송정은이 귀신 얘기를 하다가 터진 입술을 건드리며 비명을 질렀다.

"많이 아파?"

"으응! 호오 해줘!"

"호오오……."

김완이 송정은의 입술을 조심스럽게 불어줬다.

쭉!

이번엔 송정은의 입술이 먼저였다.

두 사람이 길게 입맞춤을 나눴다.

김완이 송정은의 가슴을 부드럽게 매만졌다.

"흐흐웅… 오빠……."

송정은이 달뜬 숨을 삼키며 김완의 바지 속을 더듬었다.

한참 동안 서로 진하게 애무를 했다.

애무를 하는 모습도 예전과 달리 제법 익숙했다.

"도저히 못 참겠다. 여기서 간단히 하자!"

"여, 여기서? 선우하고 지호… 보면 어떻해?"

송정은이 뒤를 돌아보며 대나무 숲에 살고 있는 처녀 귀신처럼 말했다.

"보면 어때? 지들도 남자 생기면 다 할 텐데, 뭐."

"그럼… 살살해 오빠……."

"걱정 마."

뒤이어 김완이 송정은의 바지를 잡아가다 멈칫했다.

그제야 멀뚱멀뚱 쳐다보고 있는 개들을 발견했기 때문이다.

"선우와 지호가 아니라 이 녀석들이 보고 있었네?"

"아호, 창피해……."

송정은이 얼굴을 붉히며 고개를 푹 수그렸다.

김완이 여자를 무척 좋아했지만 개들 앞에서까지 교미(?)를 하지는 않는다.

"친구들 데리고 집에 가 있어, 드라이버!"

컹컹컹! 두두두두!

김완이 짜증스럽게 명령을 내리자 드라이버가 우렁차게 짖어대며 대나무 숲을 내려갔다.

"히이… 벌써 세 번째다. 강아지들 때문에 못 한 거……."

"세 번째?! 언제 또 그랬단 말야?"

송정은이 어떤 생각이 떠올랐는지 얼굴을 홍시처럼 붉힌 채 곤혹스러운 표정을 짓자 김완이 화들짝 놀랐다.

"옛날에 검둥이하고 하양이 있을 때… 오빠가 나 안으려구

하는데… 검둥이가 옆에서 자꾸 짖어대서…….”

“어휴, 그 녀석들 키울 때면 벌써 몇십 년 전인데 어린놈이
참?”

“오빠는 엄청 조숙했잖아… 이상하게 꼬추가 한번 화를 내
면 식을 줄을 모르고.”

“두, 두 번째는 또 언제냐?”

“일주일쯤 지났을 때… 하양이가 오빠 바지 물고 가
서…….”

“그래, 기억난다. 팬티 바람에 하양이 쫓아간 거!”

“그때 생각하면 지금도 웃음이 나와. 오빠가 삼각팬티만
입고 뛰어가는데, 이히히.”

“웃긴? 그때 난 심각했어. 널 안으려다가 미수에 그치는 바
람에 꼬추가 하루 종일 서 있는데 미칠 것 같더라구! 둘째 할
머니가 침을 놔서 진정시키지 않았으며 어떻게 됐을 거야.”

코흘리개 시절부터 같이 자라온 송정은이 김완의 화려한
과거를 밝히자 김완이 인상을 썼다.

“지금도 그래… 오빠?”

송정은이 걱정되는지 김완의 꼬추 쪽을 바라보며 물었다.

“스트레스를 받기는 하는데 견딜 만해.”

“쫌만 참아. 저쪽으로 더 들어가서 하자… 응?”

송정은이 귀엽게 매달리며 섹스를 참으면 스트레스를 받

는 김완을 살살 달랬다.

"그래."

김완이 퉁명스럽게 대답하고,

"짐은 다 정리했어?"

곧 바로 생뚱맞은 질문을 던졌다.

"씨이! 오빠 방으로 들어가고 싶었는데 지호 눈치가 보여서 지난번에 친구들이랑 썼던 방으로 정했어. 이 층에 있는 방."

송정은이 쉽게 알아듣고 간단히 대답했다.

"잘했어. 학교에서 휴가나 외박 나오면 마산으로 가지 말고 꼭 방배동 집으로 가! 그게 너도 일섭이도 아저씨 아줌마도 편해. 나도 마음이 놓이고."

"걱정 마, 오빠. 난 평생 방배동 집에서 살 거야. 틈틈이 관리도 할 거구. 찐호도 방 지저분하게 쓰면 내쫓아 버릴 거야."

"하하, 녀석!"

한 달 전쯤 송병시 부부는 아들인 송일섭이 살고 있는 경남 마산으로 내려가기로 결정했다.

맞벌이를 하는 아들 내외가 셋째 아이를 출산해 돌봐 줄 사람이 필요했기 때문이다.

이에 송정은은 공주 집의 짐을 홍지호가 있는 서울 방배동 김완 집으로 옮겼다.

생각지도 않았던 일로 인해서 송정은의 숙원 사업이 해결됐다.

"…나 붙었다, 오빠."

갑자기 송정은의 목소리가 그 옛날 소심한 콩정은이로 변했다.

"무슨 말이야. 뭘 붙었어?"

"러시아 국립 모스크바 대학 항공우주공학과 국비유학생 선발 시험."

"……!"

"전국에서 삼천이백 명이나 몰려 왔었어. 나랑 서울공대 애 딱 둘만 뽑혔구!"

"와아아, 울 정은이 완전 살아 있네! 1,600 대 1을 일을 뚫었단 말야? 그것도 우리나라에서 내로라하는 명문 대학생들과 경쟁을 해서."

김완이 국비유학생 시험에 붙었다는 송정은의 말을 듣고 기분이 풀린 듯 목소리가 커졌다.

"오빠 말대로 난 늦둥이인가 봐? 자꾸 머리가 좋아져. 이번 시험도 만점 받았어."

"자식, 축하한다. 공부를 더 하고 싶다더니 아주 잘됐다."

송정은이 귀엽게 웃으면 자랑했고 김완이 송정은을 꼭 끌어안았다.

사실, 송정은은 늦둥이가 아니라 희대의 천재였다.

양부모의 구박으로 둔화됐던 천재적인 두뇌가 사관학교에 진학하면서 환경이 안정되자 기다렸다는 듯 그 영민함이 폭발했다.

한국인 최초로 노벨 물리학상을 수상한 차금신 박사!

지금으로부터 꼭 이십 년 뒤, 기적적으로 친부모를 만나 이름이 바뀐 천재 공학자겸 물리학자 차금신이 바로 이 송정은이었던 것이다.

"기간은? 몇 년 동안이나 지원해 주는 거야?"

"최장 십 년. 학부 끝내고 박사 마칠 때까지 학비하고 생활비 전액을 국가에서 대준대."

"좋은 조건이네. 학생들이 몰릴 수밖에 없었겠다."

"대신 공부를 마치면 우리나라에 돌아와 국가에서 지정하는 조직에 십 년 이상 근무해야 돼. 난 사관학교 출신 장교니까 십 년 플러스해야 되구."

"의무복무기간이 이십 년이라… 좀 길다. 그럼 조종사는 포기한 거야?"

"포기한다기보다 연기한 거지 뭐. 난 비행기를 조종하는 것보다 비행기를 만들고 싶거든. 모스크바 대하에 기시 로켓엔진설계학을 전공할 예정이야."

"로켓엔진설계학?! 어후후 학과 이름만 들어도 머리가 복잡해진다."

"히이, 그런 공부가 재미있어, 난!"

김완이 송정은을 사랑할 수밖에 없었던 이유가 바로 이점이었다.

공군사관학교를 졸업하고 러시아에 유학까지 가서 로켓엔진설계학을 전공하겠다는 이유.

김완은 그 이유를 잘 알았다.

송정은은 김완이 'KAL 002 특별기 격추 사건'으로 사망한 부모의 죽음을 추적하는 일에 일조하기 위해 공군사관학교를 지원했고 또 이렇게 러시아 유학까지 결심했다.

가히 님 향한 일편단심이었다.

"근데 러시아로 유학가면……."

대나무 숲을 걸어가며 국비유학생 시험에 관해 설명하던 송정은의 얼굴이 갑자기 침울해졌다.

"나하고 떨어져 있을 게 걱정돼?"

"많이! 이제 겨우 내 소원이 이루어졌는데……."

콩정은이답게 내년이나 있을 김완과의 이별을 벌써부터 걱정했다.

김완이 점퍼를 벗어 대나무 숲 사이에 놓여 있는 바위의 물기를 닦아냈다.

그리고 조용히 앉았다.

"이리 와, 귀요미!"

"오빠……."

귀요미는 김완이 송정은을 부를 때 쓰는 애칭이었다.

송정은이 얼굴을 붉히며 조심스럽게 김완의 무릎 위에 걸
터앉았다.

"우리 귀요미 예쁘네. 몸에서 풍기는 향기도 좋구."

"정말?"

"응! 입술도 가슴도 예뻐. 거기도 엄청 예쁘구."

"아이이이이잉, 오빵……."

송정은이 코맹맹이 소리를 내며 김완의 품속으로 파고들
었다.

"러시아에 있는 우리 금광 회사 알지?"

뒤이어 김완이 뜬금없이 러시아의 금광회사에 대해 물었
고,

"코고(KOGO)! 코고(KOGO)!"

송정은이 뭔가 감이 잡히는 듯 흥분을 하며 반복해서 대답
했다.

"난 그 회사 일 때문에라도 최소한 삼 개월에 한 번 씩은 러
시아에 가야 돼.

그때마다 우리 귀요미 외롭지 않게 열심히 안아주마."

"아이이잉, 오빠야……."

김완이 송정은의 귀에 대고 나직이 말하자 송정은이 귀엽게 몸을 흔들었다.

"러시아 국비유학생 시험에 붙은 선물이다. 외워 봐! *57130411#. *88112271#."

"*57130……"

이번엔 김완이 뜻 모를 난수표 같은 숫자들을 불렀고 송정은이 천재답게 쉽게 외웠다.

"모스크바에 있는 내 아파트 대문 디지털 록 비번하고 다챠 정문 비번이야."

"……!"

"러시아로 유학 가면 십 년이든 이십 년이든 거기서 살아. 다챠에도 자주 놀러 가구."

"모스크바에 오빠 아파트하고 별장이 있었어?"

송정은이 입을 딱 벌렸고,

"코고(KOGO)일 때문에 사놨던 거야. 오늘부터는 귀요미 거다."

김완이 빙그레 웃으며 모스크바에 있는 아파트와 다챠를 송정은에게 양도했다.

다챠는 우리나라의 펜션 같은 러시아식 별장을 말한다.

광활한 땅에서 사는 러시아인들은 중산층 이상만 돼도 모두 다챠를 갖고 있다.

"그리고 며칠 전에 미국 걸프 스트림사에 자가용 제트기한 대를 예약했다."

"자가용 제트기를?!"

"그 뭐 G650이란 비행기인데 성능이 괜찮다고 하더라. 그동안 우리 회사 (주)SK1의 전용비행기를 이용해 왔는데 손님들이 많아서 눈치가 보여. 그래서 한 대 샀어. 우리 귀요미가 유학 갈 때 즈음에는 녀석이 날아와 있을 거다. 그거 타고 러시아 가!"

"……!"

"러시아에 가서도 나 보고 싶으면 즉시 전화해. 내 비행기타고 왔다 갔다 하면 되잖아?"

"오빠… 울 자기… 넘 멋있다."

송정은의 입에서 자기라는 말이 튀어나왔다.

자가용 제트기라는 말이 그렇게 만들었다.

걸프 스트림에서 생산한 G650 자가용 제트기는 미국의 유명한 부호들이 애용하는 비행기로 미화 7,000만 달러쯤 한다.

과연 우리나라에서 이 비행기를 자가용으로 사용하는 사람이 몇 명이나 될까?

송정은은 새삼스럽게 자신이 사랑하는 남자의 엄청난 능

력이 피부에 와 닿았다.

코흘리개 시절부터 쫓아다녔던 남자가 이 정도로 굉장한 사람이 될 줄이야!

대한민국 공군사관학교 항공공학과 졸업.

공군 소위 임관.

러시아 국립 모스크바 대학 국비유학생.

러시아 국립 모스크바 대학 로켓엔진설계학 석사 및 박사.

공군사관학교 로켓엔진설계학 및 핵물리학 교수.

국방과학연구소 선임연구원.

미항공우주국 초청 연구원.

러시아연방항공우주국 특임 연구원.

사정거리 20,000㎞ 대륙간탄도미사일(ICBM) 천룡 개발.

달 탐사선 한가위호 개발.

우주정거장 은하수호 개발.

공군 대장 예편.

한국인 최초 노벨 물리학상 수상.

얼마 지나지 않아 우리나라 초등학교 교과서 실리는 위대한 과학자 차금신 박사.

송정은의 찬란한 이력서였다.

하지만 지금은?

"흑! 자, 자기야… 꼬마가 내 몸속으로… 들어왔어."

"천천히 움직여 봐."

"아이이잉… 내가 어떻게… 창피해… 자기가 해."

"바보야. 이 자세에서 내가 어떻게 움직여?"

"이, 이렇게……."

"그래도 몇 번 해봤다고 이젠 곧 잘하네."

"아이이… 자극이 너무 심해 자기야… 이 소리… 도저히
창피해서 못하겠어."

"그럼 바꿔! 뒤로 하자."

"뒤, 뒤로?? 그, 그건 더 부끄러운데……"

애인의 품에 안겨 열심히 사랑을 나누고 있었다.

아주 다양한 자세로!

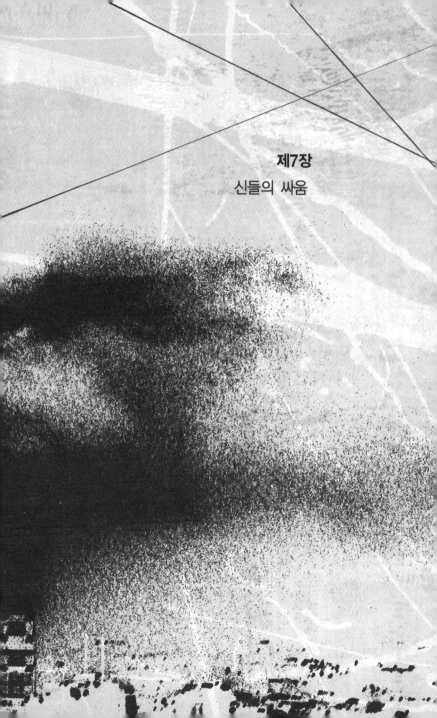

제7장

신들의 싸움

부우웅!

김완이 벤츠 ML63 SUV 승용차를 몰고 계곡이라고 하기에는 너무 얕고 개천이라고 하기에는 너무 깊은 금강 줄기를 따라 천천히 달려갔다.

조수석에는 공군사관학교 특유의 제복인 군청색 망토를 걸친 송정은이 대나무 숲에서 나눴던 사랑의 후유증이 계속되는지 얼굴에 홍조를 가득 담고 조신하게 앉아 있었다.

"오늘 몇 시까지 학교 들어가야 돼?"

"18시."

김완의 질문에 송정은이 사관생도답게 오후 여섯시를 18시로 바꿔 대답했다.

목소리는 아주 찰졌고.

"야, 송정은! 너 열 시까지 들어가도 된다며?"

"세 시에 애들을 만나는데 여섯 시에 귀교? 돈 쓰기 싫으니까 실드 치네, 이 시키!"

송정은의 말이 끝나기 무섭게 뒷좌석에 타고 있던 홍지호와 김선우가 꽥꽥댔다.

"밥 먹는데 한 시간이면 충분하잖아. 두 시간쯤 얘기하구……."

"오랜만에 애들 만나는데 노래방도 가야지 치맥도 먹고!"

"아후, 삼차까지 가면 돈 많이 깨질 텐데?"

"그래 봤자 오십만 원이면 떡쳐, 임마!"

"오, 오십만 원이면 내 한 달치 봉급이 훨씬 넘어!"

김선우와 홍지호가 몰아붙이자 송정은이 또다시 옛날 콩정은이로 돌아갔다.

'순돌이네' 번개 모임.

공주 출신의 남녀 대학생들의 모임인 공순이와 공돌이들의 만남.

겨울방학 중인 김선우와 홍지호는 어제 송정은의 이사를 도와준 후 서울에서 공주로 내려와 이 모임에 참석하기 위해 공주 시내로 나가는 길이었다.

골프 황제를 운전기사로 고용했고!

"국비유학생 시험에 붙었다구, 한턱 쏘는 거냐, 정은이가?"

김완이 미소를 띤 채 룸미러로 김선우를 쳐다보며 물었다.

"그것도 그거지만 콩정은이 이게 여생도로는 공사 최초로 전대장생도가 됐거든!"

김선우가 송정은의 등을 쿡쿡 찌르며 대답했다.

"전대장생도?"

"일반 대학교로 치면 총학생 회장 격이야."

김선우가 공사 전대장생도에 대해서 간단히 설명했고,

"하하, 울 정은이 잘나가네. 진짜 사관학교 체질인가 보다!"

"교수님들 하고 교우들이 잘 봐 준거지, 뭐."

송정은이 교과서에 나오는 멘트로 소감을 대신했다.

"대한민국 공군사관학교 전대장생도 송정은— 훌륭하다."

김완이 엄지를 치켜들며 축하해줬다.

"돈 걱정 말고 쏴! 내가 장차 대한민국 공군을 이끌고 나갈 송정은 장군께 투자를 하마."

"아이, 괜찮아, 오빠! 지난번에 장학금도 받았는걸. 그냥 해본 소리야."

송정은이 김완을 귀엽게 흘겨보며 말했다.

"아이, 괜찮아, 오빵? 오빠 빼구 자기나 여보를 넣어."

"아이이이, 여어어어봉!"

김선우와 홍지호가 송정은의 애교 섞인 목소리를 흉내 냈다.

"죽는다… 김선우, 홍지호!"

"까르르르!"

송정은이 얼굴을 붉힌 채 몸을 돌리며 마구 주먹질을 해댔다.

송정은은 김선우와 홍지호가 대나무 숲에서 김완과 사랑하는 모습을 훔쳐보고 놀리는 것 같았다.

다양한 체위……

"오빠! 선우야, 정은아! 저거 봤어, 저거?"

찰라 홍지호가 차창 밖을 쳐다보며 송정은의 망상을 깨쳤다.

끼익!

김완이 홍지호의 고함 소리에 놀라 반사적으로 브레이크를 밟았다.

공주 시내로 들어가는 사차선 도로 위.

어서 오십시오. 여기서 부터는 골프 황제 고향 공주시입니다.

라는 문구와 함께 골프채를 든 채 환호하는 김완의 모습이 그려진 거대한 입간판이 서 있었다.

김완은 세계 최고의 스포츠 스타로 국민적인 영웅이었다.

고향인 충청남도 공주시에서는 두말이 필요 없는 전설이요 신화였다.

당연히 충청남도나 공주시에서 수여한 수십 개의 명예직을 갖고 있었다.

지금 공주시 입구에 서 있는 이 대문짝만 한 입간판도 그중 하나였다.

김완은 올 봄에 명예 공주시장으로 뽑혔다.

찰칵! 찰칵!

김선우 등이 입간판을 배경으로 실제 골프 황제와 함께 인증 샷을 찍었다.

"새내기 부부님! 백제의 고도이며 골프 황제의 고향인 우리 공주시로 신혼여행을 와 주셔서 정말 감사합니다. 신랑께서는 신부님을 안아주세요."

"꺅, 오빠!"

김선우가 스마트 폰을 든 채 마치 신혼여행지의 사진 기사처럼 말하자 김완이 미소를 지으며 송정은을 번쩍 안아 들었다.

"신부님! 내숭 떨지 마시고… 신랑 신부 뽀뽀! 조금 더 진하게!"

김선우가 신혼여행지의 사진 기사가 그렇듯 이번에는 뽀뽀를 시켰다.

쪽!

송정은이 진하게 키스하며 김완에게 매달렸다.

"시킨다고 정말 해, 시발! 콩정은이 저거 울 오빠랑 진짜 신혼여행 온 줄 아나 봐?"

팁이 부족했나?

지금까지 친절했던 사진기사가 느닷없이 인상을 썼다.

"아, 괜히 빡치네. 니가 찍어줘라!"

김선우가 스마트 폰을 홍지호에게 휙 던졌다.

"네에! 오늘 촬영은 사진기사 기분이 더러운 관계로 여기서 마치겠습니다. 그만 차에 타주세요, 두 분."

홍지호가 빽 소리쳤다.

끝내, 짝퉁 신혼부부는 키스신을 찍지 못하고 부랴부랴 차에 올랐다.

김선우와 홍지호는 김완교 광신도들이었다.

송정은이 교주와의 공연에서 세미 포르노 수준의 연기를 선보이자 질투가 폭발했다.

잠시 후, 김완이 운전하는 벤츠 ML63 SUV 승용차가 공주

시청 앞을 가로질렀다.

곧 바로 공주시에서 가장 유명한 건물인 일명 충남상가로 불리는 백석빌딩의 지하 주차장으로 들어갔다.

"저기 롯데리아에 가서 뭐 먹고 있어. 나 변호사 사무실 좀 다녀올게."

김완이 지갑과 함께 자동차 키를 송정은에게 건네주며 차에서 내렸다.

"내, 내려 선우야."

송정은이 당황하며 김선우를 쳐다봤다.

김완이 동생인 김선우 대신 자신에게 지갑과 자동차 키를 맡겼기 때문이다.

"내 눈치 볼 시간에 채린 언니나 희라 언니 물리칠 작전이나 짜, 새꺄!"

"이미 게임 끝났잖아? 아까 신혼여행도 다녀왔구."

김선우가 족치자 송정은이 귀엽게 미소를 지으며 씩씩하게 대답했다.

"저놈의 자신감! 넌 어느 별에서 왔니?"

"네에! 지구 저편의 김완별에서 왔답니다."

김선우의 우문에 송정은이 현답을 하며 승용차에서 내렸다.

양부모의 구박 속에서 자란 송정은은 가족들의 사랑을 듬

뿍 받고 커온 김선우나 홍지호와는 인생관이 전혀 달랐다.

내가 사랑하는 사람과 하루라도 살아봤으면!

송정은이 아무도 몰래 꿈꿔 왔던 삶의 목표였다.

지난 동절기 휴가 때 송정은은 자신이 그토록 사랑하는 김완의 품에 안겨 방배동 집에서 딱 일주일 동안 같이 지냈다.

아주 짧은 신혼생활(?)이었지만 그것으로 송정은은 만족했다.

삶의 목표를 이루었기 때문이다.

"롯데리아는 저쪽이야, 임마!"

"초밥 집으로 가. 오빠 햄버거 감자튀김 이런 거 안 좋아하잖아?"

김선우가 상가 일 층에 있는 패스트푸드점을 가리키자 송정은이 고개를 저으며 건너편의 일식집으로 향했다.

"역시 동생 열보다 마누라 하나가 낳네."

"그, 그게 아니라 오빠 운동선수니까 몸을 챙겨 줘야지."

"그래! 울 오빠가 콩정은이를 마누라 후보로 택한 이유를 알겠다. 폭풍애교에 세심한 마음씀씀이라는 비밀병기를 장착하고 있었어."

김선우가 뒤늦게 송정은의 여자로서의 장점을 읽었다.

"마누라! 난 햄버거나 초밥보다 치킨이 좋아."

"미친년! 네 돈으로 사 처먹어."

김선우가 홍지호에게 마누라라고 부르며 치킨을 사달라고 졸랐다.

홍지호는 대뜸 미친년으로 응징했고!

'순돌이네' 회원들은 회장인 김선우는 아빠, 총무인 홍지호는 엄마라고 불렀다.

그것을 빗대어 김선우가 홍지호에게 마누라라고 불렀던 것이다.

"깔깔깔 호호호!"

세 명의 여대생이 '서해 일식' 집으로 들어가며 낄낄댔다.

툭!

누런 서류 봉투 하나가 송정은 앞에 놓였다.

"계약서하고 영수증, 등기권리증과 등기부 등본이야. 네 인감도 들어 있으니까 잘 보관해."

"……?"

김완이 김선우 등이 초밥을 먹고 있는 식탁에 앉으며 입을 열었다.

"여기 초밥 괜찮아?"

"으응, 맛있는데!"

김완이 초밥 맛을 묻자 김선우가 얼떨결에 대답했고,

"근데 정은에게 준 서류… 저거 뭐야?"

이어 송정은에게 건네준 서류에 대해서 물었다.

등기권리증이니 등기부 등본이니 하는 말들이 생소했기 때문이다.

"정은이 엄마 아빠 퇴직금."

"정은이 엄마 아빠 퇴직금?"

"두 분이 삼십 년이 넘도록 우리 집안일을 도와주셨잖아. 마산으로 이사 가시면 자주 뵙지도 못할 텐데 돈이라도 몇 푼 드려야지. 두 분께 드렸더니 정은이한테 주라시더라!"

"아……."

김완이 찬찬히 설명을 했다.

"마침 이 충남상가가 매물로 나왔기에 며칠 전에 정은이 이름으로 샀어."

"그, 그럼 이 건물이 이제 정은이 거란 말야?"

"그래, 요즘은 법원 행정도 초스피드더만! 벌써 명의 변경이 돼서 정은이 이름으로 등기가 나왔어."

그때 위생복을 걸친 도우미가 김완이 좋아하는 참다랑어 살로 만든 붉은색 초밥을 가져왔다.

김완이 말없이 초밥을 먹기 시작했다.

…….

갑자기 주위가 조용해지며 김완이 초밥 먹는 소리가 유난히 크게 들렸다.

김선우 등은 공주 토박이로 초중고를 공주에서 다녔다.

지금 김완이 초밥을 먹고 있는 이 '서해 일식' 집이 세 들어 있는 건물.

상가만 무려 오십 개가 넘는다는 충남상가, 백석빌딩에 관한 수많은 소문을 귓전으로 들었다.

백억 원이 넘는 빌딩으로 매달 월세만 수천만 원이 나오고 서울의 어떤 재벌이 주인이라는 소문도 익히 들었고!

어떤 재벌이 바로 송정은이었다.

김선우 등 학생이었지만 사회에 한발을 담그고 있는 대학생들이었기에 송정은이 백석빌딩의 주인이 됐다는 것이 어떤 의미인지 잘 알았다.

송정은은 더 이상 양부모에게 구박당할 이유가 없었다.

부르르르!

송정은이 큼직한 서류봉투를 품에 꼭 안은 채 온몸을 덜덜 떨었다.

"미안해… 오빠 날 이렇게 사랑하는데… 난 오빠 생일조차 챙겨주지 못하네!"

송정은이 고개를 푹 숙인 채 떨리는 목소리로 입을 열었다.

송정은은 오늘 학교로 꼭 돌아가야 하기에 김완의 생일을 챙겨주지 못하는 것이 못내 마음에 걸렸던 것이다.

내일은 김완의 생일이었다.

"…글구 친구들이니까… 밝힐게……."

송정은이 작심한 듯 말을 이었다.

"우리 부모님은… 당신들이 평생 동안 일한 대가로 받은 퇴직금을… 내게 주실 만큼… 나를 사랑하지는 않아… 너희도 눈치챘겠지만……."

"……!"

"오빠가… 내게 삶의 희망과 용기를 준 김완이란 남자가… 이 송정은이에게 주는 사랑의 선물이야."

"정은아!"

김완이 송정은이 울먹이자 진정시키려는 듯 나직이 이름을 불렀다.

끝내, 송정은의 눈에서 굵은 눈물방울이 떨어졌다.

"흑흑흑!"

"송정은!"

송정은이 밖으로 뛰쳐나갔고 김완이 황급히 쫓아 나갔다.

"뭐야? 신파치고는 너무 리얼리티가 넘치는데?"

김선우가 어깨를 으쓱했다.

"어쨌든 공주시에서 가장 유명한 건물인 이 충남상가가 콩정은이 거였구만. 역시 여자는 뭐니 뭐니 해도 남자를 잘 만나야 돼. 콩정은이가 부모 복은 없어도 남편 복은 있네. 안 그래, 찐호?"

"닥치고 밥 먹어!"

김선우가 너스레를 떨자 홍지호가 짜증스럽게 대꾸했다.

"왜애? 찐호 질투나나?"

"밥 먹으라구!"

"으흐흐, 알았어. 찐호 몸에서 나오는 열 때문인가 초밥집이 왜 이렇게 더워?"

"밥 처먹어!"

계속해서 김선우가 이죽거리자 홍지호가 꽤 소리를 질렀다.

이번에 홍지호가 느낀 질투의 데미지는 아까 송정은이 신혼부부 연기를 할 때에 비해 X10000이었다.

정말이었다.

김완은 송정은이 고아로 입양됐다는 사실을 알고 동병상련의 아픔을 느꼈다.

자본주의 사회에서 돈은 부모 형제보다 더 의지가 된다는 사실.

이 냉정한 현실을 일찌감치 깨달은 김완이었기에 친동생 같은 송정은에게 부모의 퇴직금이란 명분으로 빌딩을 사줬던 것이다.

김완은 이미 윤정 선생을 통해 송병시 부부에게 소정의 진별금을 지불했다.

가끔 송정은처럼 역전되는 인생이 있어야 세상도 살 만하다.

*　　　　*　　　　*

여자애는 남자애를 좋아했다.

남자애도 여자애를 좋아했다.

여자애는 처음으로 사랑을 주고 사랑을 받는 감정을 느꼈다.

세상 어느 누구에게서도 느끼지 못했던 감정이었다.

어느 날 남자애는 여자애 곁에서 떠나야 한다고 했다.

여자애는 펑펑 울었다.

남자애는 여자애를 안고 길게 뽀뽀를 해줬다.

다시 여자애 곁에 돌아오겠다는 약속과 함께.

여자애는 처음으로 기다림이란 감정을 배웠다.

세상 어느 누구도 가르쳐 주지 않은 감정이었다.

남자애는 얼마 지나지 않아 여자애 곁으로 돌아왔다.

여자애는 환하게 웃으며 남자애를 맞았다.

남자애는 또 길게 뽀뽀를 해줬다.

이번엔 여자애의 가슴도 만져줬고 엉덩이도 만져줬다.

그렇게 세월이 흘러 여자애가 어른이 됐다.

남자애는 여자애를 진짜 여자어른으로 만들어 줬다.

여자애는 아픔보다는 기쁨을 느꼈다.

세상 어느 누구에게서도 느낄 수 없었던 감정이었다.

여자애와 남자애는 그렇게 지냈다.

함께 있는 시간보다 헤어져 있는 시간이 더 많았지만 개의치 않았다.

남자애는 언제나 여자애 곁으로 돌아왔다.

또 예전처럼 손을 잡아줬고 뽀뽀를 해줬고 안아줬다.

그리고 여자애는 당당한 사관생도가 됐고 남자애는 황제가 됐다.

또박 또박!

사관생도인 여자애가 황제가 된 남자애 손을 잡고 걸어갔다.

늘씬한 몸매에 잘 손질된 공군사관학교 동절기 정복을 걸친 여자애는 흡사 제식훈련을 하는 군인처럼 한 점 흐트러짐이 없었다.

비록 남자애 손을 꼭 잡은 손이 가늘게 떨리고 눈물이 소리 없이 흘러내렸지만!

"언제까지 울 거야?"

"……!"

남자애가 무감정한 음성으로 물어보자 여자애가 움찔했다.

화가 났다는 신호였다.

"그만 울어. 니가 자꾸 울면 내가 점점 더 미안해지잖아?"

"으응……."

남자애가 다시 한마디 하자 여자애가 고개를 끄덕였다.

이윽고 거짓말처럼 여자애의 눈물과 손 떨림이 멈췄다.

여자애는 남자애에게 익숙했다.

여기서 눈물을 멈추지 않으면 남자애는 화를 내며 사라질 것이다.

좀처럼 화를 내지 않는 남자애지만 일단 화가 나면 아무도 못 말린다.

사라진 남자애는 다시는 여자애 곁으로 돌아오지 않을 것이다.

송정은과 김완이었다.

"신경 쓰지 말고 챙겨! 충남상가는 내가 귀요미에게 지불하는 위자료다. 오랫동안 데리고 살다시피 한 여자를 돌봐주지 못한 죄로 주는 일종의 위로금이야."

"그래. 오빠가 주는 거라면 뭐든 받을게. 돈두 좋고 빚도 상관없어.

"후우 자식… 이제 좀 마음이 편하다."

김완이 정말 안심이 되는 듯 안도의 한숨을 쉬었다.

"근데 오빠한테 꼭 물어보고 싶은 게 있어."

"물지 마! 물면 아파!"

"히이잉……."

김완이 썰렁한 농담을 던졌다.

예상대로 송정은이 희미한 미소를 지었다.

어릴 때도 이랬다.

송정은이 울면 김완이 인상을 찌푸리고 뒤이어 억지 농담을 던졌다.

송정은은 곧바로 울음을 멈추고 미소를 지었고!

"춥냐?"

"그렇게까지 썰렁하진 않았어. 쌍팔 년도 유우머라서 약간 웃겼어."

"이제 물어 봐."

김안과 송정은이 걸어가는 길은 한적한 시골 길이었다.

메마른 미루나무 가로수와 황량한 들판이 보이는 시멘트로 포장된 그런 길.

"전에 오빠 법대 휴학하고 일본 갈 때… 나 보고 쫓아오라고 했던 거 맞지?"

"그래, 임마! 모든 걸 정리하고 일본에 건너가 프로골퍼가 되기로 결심했지만 무척 불안했어. 여자를 지독하게 밝히고 라면 하나 제대로 끓일 줄 모르는 내가 과연 타국에 가서 견딜 수 있을까? 네 생각이 간절했어."

"히이잉, 오빠? 그때 난 막 고등하교에 들어간 여학생이었잖아? 어릴 때라구!"

"고등학생이 뭐가 어려 임마! 그보다 훨씬 어릴 때부터 물고 빨고 다 했는데."

"그, 그건 그래… 초등학교 때 이미… 아호, 창피해."

김완도 송정은도 흥분이 가라앉은 듯 특유의 말투로 돌아왔다.

"에이! 그때 쫓아왔으면 좋았잖아. 일본에서 둘이 지지고 볶고 살았으면 너도 나도 편했을 거야. 이렇게 피곤하게 살지 않았을 거라구."

"치이, 말을 하지? 그럼 학교구 뭐구 다 때려치우고 오빠를 따라갔을 텐데……."

"바보야! 네 말대로 고일짜리 어린놈에게 무슨 말을 해? 차마 입이 안 떨어지더라."

"……."

송정은의 얼굴이 다시 어두워졌다.

"미안해 오빠! 그때 일본에 같이 가지 못한 게 늘 마음에 걸렸어. 오빨 배신한 것 같아서."

"됐고! 앞으로나 잘해."

김완이 송정은의 말을 잘랐다.

"근데 여기 어디냐?"

"신포리."

"신포리? 어후, 어쩌다 여기까지 왔지?"

김완이 저편으로 금강 줄기가 흐르고 민물매운탕집들이 군데군데 자리 잡은 조용한 마을을 돌아봤다.

"택시 잡아라! 모임에 들겠다."

"아까 나 못 간다구 문자 쐈줬어… 회비두 왕창 보냈구!"

"훗! 울면서 할 건 다했네."

"씨이, 올 만에 오빠랑 데이트 하는데 그것들을 왜 만나?"

"그럼 어디 적당한데 가서 우리 귀요미 안아보자."

"오빠아아아!? 아까 우리 대나무 숲에서… 많이 했잖앙?!"

"거기선 눈치 보느라고 마음대로 못했어."

"아호호… 울 자긴 넘……. 이상해."

"됐다, 됐어. 포기했다. 너 지금 제복까지 입고 있잖아 제복입구 어딜 가?"

"…깡순이네로 가면 돼……."

송정은이 미련이 남는 듯 얼굴을 붉히며 '신포 금강 민물매운탕' 이라는 간판 걸린 음식점을 가리켰다.

"맞다! 귀요미하고 선우 천율초 동창 이강순이가 여기서 장사한다고 했지?"

"응, 옛날에 모임을 저기서 한번 했는데 가게 엄청 좋아. 조용한 별채두 있구……."

"오키! 딱 두 시간만 빡세게 뛰자."

"아이이잉… 오빵."

김완과 송정은은 충남상가를 사들인 기념으로 신포금강 민물매운탕 집에서 레스링 대회를 열었다.

아주 성대하게 다양한 자세로!

*   *   *

희미한 가로등 불빛이 한겨울밤의 고즈넉한 거리를 밝혔다.

80년대를 배경으로 촬영한 우리나라 영화에서 많이 나오는 그 거리였다.

왠지 비좁고 조금은 촌스러운…….

관불산 밑에 자리 잡은 공주시 유구읍내.

끼익!

멋진 흰색 승용차 한 대가 읍사무소 건너편에 위치한 우리 슈퍼 앞에서 멈췄다.

서울에나 가야 구경할까 말까 한 독일제 최고급 승용차 BMW750이었다.

"태워다 줘서 고마워. 선우야, 지호야!"

"오냐! 들어가."

"내일 꼭 전화해, 이성숙."

"응! 알았어."

김선우의 공주사대부고 동기로 '순돌이네' 식구인 이성숙이 BMW 승용차에서 내려 작별 인사를 했다.

부웅! 홍지호가 뿔테 안경을 밀어 올리며 BMW750, 김선우의 애마인 하얀 천사의 엑셀을 조심스럽게 밟았다.

"성숙이 저거 오늘 왜 저러냐? 모임 내내 죽을상이야."

김선우가 조수석에 벌렁 누워 우리슈퍼로 들어가는 이성숙을 쳐다보며 중얼거렸다.

"…경민 선배랑 찢어졌대."

홍지호가 왕초보 기사답게 핸들을 꽉 쥔 채 전방을 뚫어져라 응시하며 대답했다.

"꽤 오래 사귀었잖아 두 사람?"

김선우가 움찔하며 몸을 일으켰다.

"경민 선배 부모님이 여기 성숙이네 집까지 와서 난리를 쳤대나 봐."

"뭐야? 왜 경민 선배 부모님이 유구까지 내려와 깽판을 쳐?!"

"경민 선배 충남대병원 인턴이잖아. 의사야!"

홍지호가 의사를 강조했다.

"따야! 의사 변호사 맛 간 지 언젠데 그딴 애길 해? 요즘은 공무원이나 선생님이 대세야. 성숙이 내년에 초딩 선생님 돼."

"그건 정부에서 퍼뜨린 대국민용 멘트구. 실제 의대 애들이나 부모님들 만나봐! 프라이드가 대단해."

"환장한다. 그렇다고 잘나가는 커플을 찢어놔?"

"공주교대 재학 중인 시골 슈퍼 집 딸은 의사 사모님 되기에는 많이 부족하단다. 경민 선배 부모님 어록이셔."

"까구 있네. 의사가 무슨 대단한 벼슬이라고 씨바!"

김선우가 특유의 살기를 뿜었다.

"너두 의대생이니까 코멘트 해봐. 성숙이 건……."

"충분히 말이 돼."

"끅!"

말이 채 끝나기도 전에 홍지호가 쐐기를 박자 김선우가 뒤집어졌다.

김선우가 아는 홍지호는 돈에 연연하는 똥치녀가 아니었다.

"의대 선배들이 그러더라. 일 년에 등록금 천만 원씩 갖다 바치면서 의대 공부 몇 년 하다 보면 인간 자체가 바뀐다구! 의사가 돼서 국민의료복지 향상에 기여할 생각보다 본전 뽑을 생각이 앞선대."

"……!"

"수억씩 빚져 가면서 만든 의사 아들이야. 좋은 집안 딸하고 결혼시키고 싶은 건 당연해."

홍지호가 의사가 되기까지 들어가는 돈과 결혼의 상관관계를 간략하게 설명해 줬다.

"돈 얘기를 하니까 한 방에 이해된다."

김선우가 돈 때문에 가슴앓이 했던 어린 시절을 떠올렸다.

왠지 친구가 겪는 일이 남의 일처럼 느껴지지 않았다.

결국 김선우의 깡끼가 폭발했다.

"차 세워!"

"으응!"

김선우의 지시가 떨어지자마자 홍지호가 지체없이 브레이크를 밟았다.

목소리가 이렇게 깔리며 무조건 복종해야 된다는 것을 홍지호는 잘 알고 있었다.

여기서 반항하면 다음 순서는 주먹이나 발이다.

홍지호는 중학교 때까지만 해도 김선우에게 감히 말조차 붙이지 못했다.

공주 대전 일대에서 먹어주는 일진 짱이었기 때문이다.

지금은 세계검도선수권대회를 삼연패한 세계적인 칼잡이요, 중국무술의 고수로서 전국구 거물이었다.

김선우가 차에서 내렸고 홍지호가 잽싸게 따라 내렸다.

"성숙이 시키 나오라 해!"

"아, 알았어."

이어지는 김선우의 명령에 홍지호가 황급히 휴대폰을 때렸다.

타다닥!

어둠에 쌓인 다리 저편에서 방금 우리슈퍼로 들어갔던 이성숙이 헐레벌떡 뛰어왔다.

이성숙도 홍지호처럼 김선우의 화려한 전력을 잘 알았다.

불렀는데 꾸물거리거나 지체하면 대뜸 우리슈퍼로 쳐들어올 인간이었다.

"내가 어떻게 해주면 되겠냐, 이성숙!"

김선우가 다리 난간에 기댄 채 흩날리는 눈송이들을 바라보며 묵직하게 입을 열었다.

"……!"

이성숙이 얼굴을 찌푸리며 홍지호를 쳐다봤다.

홍지호가 아무것도 모르는 척 죽어라 앞에 있는 전봇대만 쳐다봤다.

세 사람은 고등학교 일학년 때부터 사귄 친구들이었다.

숨소리만으로도 의사소통이 가능했다.

"개쪽 팔았으니 복수를 해야 될 거 아냐, 임마?"

"돈 꿔줘! 십 년 뒤에 갚을게."

김선우가 조폭 두목처럼 말했고 이성숙이 결심한 듯 명확하게 대답했다.

　"교대 때려치우고 다시 대학입시에 도전할 거야. 목표는 SKY 의대!"

　"그래! 기왕이면 서울대 의대를 가라."

　김선우가 이성숙의 어깨를 툭툭 치며 격려를 했고,

　"돈 필요하면 언제든지 말해. 즉시 무이자 대출 쏜다. 갈게!"

　거부답게 사채업계에서 유행하는 30분 OK 대출을 약속하고 몸을 돌렸다.

　"잘 가, 선우야, 지호야─ 니들이 내 친구라서 얼마나 든든한지 몰라."

　이성숙이 눈물을 글썽이며 외쳤다.

　"쫘식!"

　김선우와 홍지호가 이성숙을 향해 손을 흔들었다.

　부우우웅!

　눈발이 날리는 한적한 시골 도로 위를 하얀 천사가 달려갔다.

　"성숙이 저거 제대로 약빨 받았네. 교대 때려치우고 의대 가겠대, 참나… 돈 꿔달라는 건 의대 등록금 때문인 것 같구."

"기대된다! 성숙이가 진짜 의사가 되면 경민 선배 부모들 어떤 얼굴일까?"

유구 읍내를 벗어난 지 오 분쯤 지났을 때 홍지호가 조심스럽게 입을 열었고 김선우가 잇새로 받았다.

이성숙은 공주교육대학을 최우수 장학생으로 입학했다.

지금이라도 다시 대학입시에 도전한다면 SKY 의대에 너끈히 합격할 수 있었다.

"이 돈 어떡해?"

"뭘 돈?"

갑자기 홍지호가 화제를 이성숙에서 돈으로 옮겨갔다.

동시에 김선우에게 휴대폰을 던져 줬다.

순돌이 아빠 엄마 미안! 나 그이랑 있어. 모임에 못 가. 너무 소중한 시간이라서 깨뜨리고 싶지 않아. 폰으로 백만 원 보내. '순돌이네' 생활비에 보태 써!

"으흐흐흐! 이 왕짠순이가 오늘 완전 약 먹었네. 찬조금을 백만 원씩이나 쏘구!"

김선우가 휴대폰에 떠 있는 문자를 읽으며 낄낄댔다.

"백만 원도 적지 뭐. 졸지에 공주시 유지가 되셨는데?"

"……!"

"후우— 정은이가 전생에 나라를 구했나? 빌딩을 사주는 사람이 다 있어."

돌연 홍지호의 목소리가 까칠해지며 한숨을 길게 내쉬었다.

사실, 홍지호는 지금 이성숙보다 송정은에게 더 촉이 쏠려 있었다.

김완이 송정은에게 빌딩을 사주는 것이 너무 부러웠던 것이다. 충격적이었고!

"넌 울 오빠를 위해 죽을 수 없지? 정은이는 망설이지 않고 죽을 애야. 이걸로 오빠가 정은이에게 빌딩을 사준 이유를 대신하마!"

김선우가 질투심으로 끓는 홍지호의 속내를 눈치채고 김완과 송정은의 관계를 확실하게 설명했다.

"어쨌든 부럽다. 나두 오빠처럼 능력 있는 남자를 만났으면 좋겠어. 병원도 막 지어주는 그런 남자!"

"킄킄! 왜 찐호도 일찌감치 오빠 뒤에 줄 서지 그랬대? 몸매가 메주라서 그렇지 정은이나 승아에게 뒤질 거 없잖아. 울 나라에서 제일 좋다는 한의대 다니구."

김선우의 괴상한 웃음소리가 우울했던 분위기를 날렸다.

"난 버어어얼써 마음 접었다고 했지 멍충아! 옛날에 딱 한 번 방배동 집에 오빠랑 단둘이 있었는데……."

"오오오, 그런 야사가!"

홍지호가 김완과 단둘이 있었다는 말에 김선우의 눈에서 기광을 폭사됐다.

"그때 오빠 누구랑 놀았는지 알아?"

"누구랑 놀았는데? 채린이 언니 불렀냐?"

"아니, 개들이랑 놀더라구 우드하고 아이언하고!"

"우리 찐호 개만도 못한 여자네. 우헤헤헤헤헤헤—"

"그때 생각하면 지금도 빡 쳐. 내가 얼마나 꽝이면 개하고 놀까? 난 말도 안 되는 화장까지 하고 기다렸는데 씨앙……."

"존경하는 울 오빠지만 이해가 안 될 때가 많아. 예쁜 여대생이 빤스 벗고 기다리는데 웬 개새끼??"

"너 이 얘기 애들한테 하면 뒈져?"

"으흐흐, 내가 기동이 같은 나팔수냐, 임마!"

홍지호가 주먹을 움켜주며 김선우에게 다짐을 받았다.

곧 바로 하얀 천사가 버스정류장 앞에서 가볍게 우회전을 했고,

"여기서 우회전하면 어떡해 시키야? 직진해야 니네 집엘 가지!"

김선우가 잔소리를 했다.

"그냥 니네 집 갈 거야."

"왜애?"

"와니 오빠 있잖아."

"찐호 씨! 아직도 정신 못 차렸나요? 또 개만도 못한 여자가 되고 싶어요?"

"그게 아니라 별이 오빠 생일 아냐. 지금쯤 전야제가 벌어지고 있을 테구. 히히히!"

"냄새가 여기까지 나냐?"

"아주 죽여."

"그럼 밟아 쫘샤!"

"오키―"

부우우웅!

하얀 천사가 공주시 반포면사무소를 바람처럼 지나갔다.

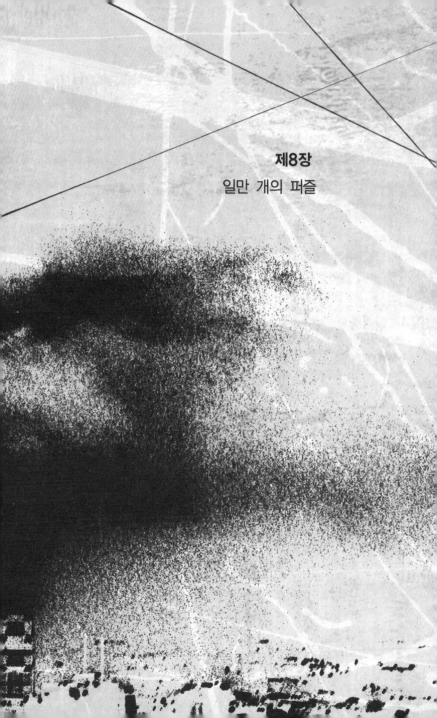

제8장

일만 개의 퍼즐

와작와작!

초대형 맹견들이 장작더미 옆에 모여앉아 큼직한 뼈다귀를 씹었다.

열 마리나 되는 맹견이 열심히 뼈다귀를 먹는 모습이 어찌 보면 살벌했고, 어찌 보면 재미있기도 했다.

치이이익……

형광등 불빛 아래 뿌연 연기와 함께 고소한 냄새가 번졌다.

행랑채에 옆에 딸린 널찍한 헛간이었다.

한쪽 벽이 탁 트인 장소였지만 꽉꽉 쌓인 장작들이 방벽 역

할을 해서 추위를 전혀 느낄 수 없었다.

게다가 헛간 깊숙이 자리 잡은 아궁이에서 장작불이 타오르고 있어서 훈훈한 열기마저 감돌았다.

쇠죽을 쑤거나 집안에 잔치가 있을 때 주로 사용하는 헛간 아궁이였다.

한데, 지금 이 헛간에서는 아주 신기한 일이 벌어지고 있었다.

치지지지직!

식사를 할 때 손가락 하나 까딱하지 않는 황제 식습관으로 유명한 김완이 한 손에는 가위를, 다른 한 손에는 집게를 든 채 고기를 굽고 있었다.

아궁이 위에 놓인 큼직한 돌 불판 앞에 서서!

김완은 일 년에 서너 번쯤 할머니들에게 손수(?) 음식 대접을 했다.

오늘이 바로 그 서너 번의 날 중 하루였다.

공주 집에 오면 꼭 치루는 행사였다.

"이 등심 너무 맛있다 완이야. 육즙이 꿀처럼 쏟아져. 막 살살 녹아!"

윤정 선생이 통나무 탁자 앞에 앉아 김완이 구워주는 고기를 먹으며 전직 국어 선생님다운 칭찬을 했다.

"많이 먹어. 그 장어는 어때?"

─흘흘 최고다! 이 할미가 그동안 먹어본 장어 중에서 가장 맛있는 민물장어다.

윤정 선생의 건너편에 앉아 노릇노릇 구워진 장어를 집어 들던 이국 여사가 수화로 장어 맛을 표현했다.

민물장어는 김완이 할머니들에게 음식을 대접할 때 빼놓지 않는 메뉴였다.

일본에서 젊은 시절을 보낸 이국 여사가 가장 좋아하는 요리였기 때문이다.

"청벽 장어 집 천 사장님이 오늘 새벽에 잡은 자연산 장어랴!"

김완이 입에 배인 충청도 사투리로 장어의 출처를 밝혔다.

─천가가 장어는 잘 잡어. 키로에 월매 준 겨?

이국 여사도 충청도 사투리를 썼다.

"십만 원씩 줬어."

─빌어먹을 녀석! 오랜만에 임자 만났다고 양껏 불렀구먼.

"아녀. 서울에서도 그렇게 허여. 자연산 장어는 부르는 게 값이여!"

─허긴 그려. 양식 장어가 판치는디 워떻게 자연산을 귀경헌디아?

누가 뭐라고 해도 이 세상에서 골프 황제 김완의 가장 강력한 후원자는 공주에 살고 있는 이 할머니들이었다.

할머니들은 그저 자나 깨나 김완 걱정이었다.

할머니들은 김완의 일거수일투족에 울고 웃었다.

할머니들에게 김완은 신앙과 같은 존재였다.

그런 지극정성에 보답하는 뜻에서 김완은 공주 집에 오면 할머니들이 가장 좋아하는 일을 했다.

지금처럼 할머니들과 둘러앉아 음식을 같이 먹으며 대화를 나누는 것!

김완이 아버지에게 배운 효도였다.

"이 꽃등심 얼마 줬니? 서리처럼 박힌 마블링이나 고기 맛으로 미뤄 엄청 비쌀 것 같다 얘."

"15만 원. 한 근에!"

"하, 한 근에 15만 원? 세상에 한 근에 15만 원짜리 고기가 다 있대?!"

윤정 선생이 쇠고기 값을 듣고 혀를 내둘렀다.

"시내 큰 시장에 갔다가 정육점에 들렀는데 광재 아버지가 울상을 짓고 계시더라구. 대목이고 해서 강원도 횡성까지 가서 한약재를 먹여 키운 황소를 사오셨는데 한 근도 못 파셨대. 그래서 몇 근 사 들였어."

"아후, 그랬구나. 아주 귀한 고기였네!"

"먹다 남으며 윤 샘 서울 갈 때 싸 가. 서울 할아버지 등심 좋아하시잖아."

"안 돼, 야! 할머님들도 드셔야지. 이 비싼 쇠고기를……."

윤정 선생이 이국 여사의 눈치를 보며 말했다.

─오냐! 그 고기는 놔둬라. 모처럼 아가가 사 온 명품 한우 등심인데 어멈하고 남 집이나 이 집도 맛 봐야지.

이국 여사가 말렸다.

어멈은 김완의 증조모인 석초란 여사를 가리키는 말이었고 남 집과 이 집은 김완의 대고모 할머니들인 김용임, 김용화 여사를 지칭했다.

옛날 어른들은 시집간 딸이나 손녀들에게 그 남편의 성을 따 남 집이니 이 집이니 불렀다.

─허기야 줘도 못 가지고 갈겨. 그동안 서울 가져 가려고 꼬불쳐 놓은 밤이나 은행만 해도 도라꾸로 하나는 될 터이니 말여.

"어머머머! 무, 무슨 말씀이세요, 할머님?"

이국 여사가 은닉 재산을 들통 내자 윤정 선생이 화들짝 놀랐다.

도라꾸는 트럭의 일본식 발음이었다.

"하하하!"

김완이 해맑게 웃었다.

─아가야, 한잔 하자꾸나!

김완이 얼굴이 발개진 윤정 선생을 바라보며 웃을 때, 이국 여사가 술잔을 내밀었다.

"잠깐만……."

김완이 장갑을 벗고 술잔을 받았다.

명절 때나 구경할 수 있는 누런 놋쇠 술잔이었다.

많은 사람이 알고 있듯 오 할머니 댁은 그릇 같은 주방용품들을 놋쇠로 만든 유기를 사용했다.

하나, 지금 이국 여사가 김완에게 건넨 술잔은 놋쇠가 아니라 금으로 만든 황금 잔이었다.

이국 여사가 시집올 때 가지고 온 귀물이다.

쪼르르!

이국 여사가 두 손으로 정중하게 술을 따랐고 김완이 두 손으로 공손하게 술을 받았다.

아주 진중한 모습이었다.

김완은 이국 여사에게 맨 처음 술을 배웠다.

석초란 여사가 주량을 태평양으로 바꿔 놓았고!

이국 여사는 골프 시즌 중에는 김완에게 절대 술을 권하지 않았다.

손자가 금기시하는 것을 익히 알고 있었기 때문이다.

지금 김완은 휴가 중이었다.

할머니와 손자가 다정하게 술잔을 주거니 받거니 했다.

이별의 술자리.

이때까지만 해도 김완은 꿈에도 몰랐다.

이것이 이국 여사와 이승에서 갖는 마지막 술자리가 될 줄은!

"후… 이거 더덕주야? 향이 기가 막힌데!"

─이 그려! 곤륜산 어른들이 보낸 백 년쯤 된 영물이라.

"울 술꾼 할머니 삐지겠네. 당신 몰래 이 귀한 술을 다 먹었다고 말야."

─괜찮여. 아가가 오면 준다고 담근 술이여.

"하하 ,그래! 자, 윤 샘도 백 년 묵은 더덕주 한잔 해."

이번엔 김완이 윤정 선생에게 술잔을 건넸다.

"호호, 난 술만 먹으면 얼굴이 빨개져서……."

"취기가 오르면 들어가서 자면 되지 뭐."

"맛있다."

"안주도 먹어야지."

"오호호! 우리 완이가 주는 술과 안주라서 그런지 넘 맛있네."

윤정 선생이 김완이 준 술과 안주를 먹으며 연신 탄성을 질렀다.

휘리리링!

이때, 큼직한 눈송이들이 헛간으로 날아들었다.

"어머 눈까지 오시네? 저 예쁜 눈송이 봐봐!"

―흘흘흘… 서설이구나. 귀한 손님이 오실 모양이다.

윤정 선생이 흩날리는 눈송이들을 쳐다보며 소녀처럼 감탄사를 날렸고 이국 여사가 한마디 던졌다.

잠시 후 이국 여사의 말대로 정말 귀한 손님이 왔다.

일단 각설이패들이 먼저 떴고.

"뿌아아아― 이 고기 냄새! 죽인다, 죽여!"

"황제폐하의 생신 전야제라서 그런지 확실히 다르네. 가든 파티야."

"으흐흐! 우리 찐호 진짜 왕개코다. 어떻게 삼십 리 밖에서 냄새를 맡냐?"

"순전히 감이지 감!"

행랑채 쪽에서 김선우와 홍지호가 걸어왔다.

"그리 귀한 손님 같지는 않군요… 할머님?"

―이해하거라. 늙으면 가끔 에러가 난 단다.

"하하하! 호호호!"

이국 여사가 영어로 너스레를 떨자 김완과 윤정 선생이 폭소를 터뜨렸다.

"한우 꽃등심에 민물장어에 자연산 송이 참게 석화…….

"거의 임금님 수랏상 수준이네. 와니 오빠!"

김선우와 홍지호가 불판 위에 놓인 음식들을 살펴보다가 김완을 향해 빽 소리쳤다.

"치사한 남자! 불과 몇 시간 전까지 같이 있었으면서 입도 뻥긋 안 해?"

"소수정예 빈대박멸! 오빠의 심모원려한 계책이지."

"너희는 모임에서 맛있는 거 많이 먹을 거 아냐?"

김선우와 홍지호가 말도 안 되는 한자 숙어까지 동원해서 조지자 김완이 궁색한 변명을 했다.

김완은 여러 번 경험했다.

할머니들은 여러 사람들과 있으면 늘 한발 물러섰고 음식을 양보하기 바빴다.

지금은 할머니들이 주빈인 파티였다.

김완이 김선우에게 말하지 않은 이유였다.

어쨌든 십 초 전에 할머니들을 위한 파티는 끝났다.

"어서 젓가락 들고 달려들어 선우야, 지호야. 고기도 많고 장어도 많아."

윤정 선생이 황급히 나섰다.

"흠흠흠, 이 냄새 이 스멜은 더덕주 향인데? 그 뭐야 항암……."

"항산화 항노화에 효과가 있는 약주."

"근데 울 큰할머니는 왜 자꾸 그 술 주전자를 감추시나?"

"우린 술 한 잔 가치도 안 되는 잉어인간이거든. 오빤 금사둥이구!"

김선우가 수다를 떨다가 경찰대생답게 이국 여사의 어설픈 동작을 눈치챘다.

홍지호가 한의대생답게 한문을 섞어서 이국 여사를 공격했고.

—녀석들아! 늙은 할미가 이 무거운 놋쇠 주전자를 마냥 들고 있을 수는 없지 않느냐?

"아씨! 그럼 젊은 내가 들을게."

이국 여사가 겸연쩍은 얼굴로 술 주전자를 들어 올리자 김선우가 재빨리 낚아챘다.

"자아, 우리 잉여인간끼리 한 잔 하실까여?"

"히히히, 그러시져."

"험험험!"

김선우가 홍지호에게 거침없이 술을 따르자 이국 여사가 헛기침을 했다.

이국 여사는 더덕주가 정말 아까웠다.

이 술 한 잔은 같은 무게의 황금과 값이 똑같답니다!

애기가 오면 한 잔씩 얻어먹어 보십시다.

이렇게 얘기했던 석초란 여사의 말이 계속해서 맴돌았다.

으르릉—

바로 그 순간이었다.

드라이버를 비롯한 개들이 자리를 박차고 일어나며 아연

살기를 띠었다.

두두두두두!

어디선가 요란한 굉음이 들려왔고, 이내 밤하늘 저편에서 헬리콥터 한 대가 모습을 드러냈다.

컹컹컹!

개들이 하늘을 쳐다보며 마구 짖었다.

"괜찮아, 손님들이야!"

김완이 개들을 진정시켰다.

─손님이 오신다는 구나, 선우야! 어서 불을 밝히거라."

"옙!"

이국 여사가 수화로 지시를 했고 김선우가 즉각 헛간에 붙어 있는 스위치를 올렸다.

번쩍!

오 할머니 댁이 대낮처럼 환해졌다.

집을 리모델링할 때 설치해 놓은 백여 개의 보안등이 일제히 켜졌던 것이다.

─이 밤중에 우리 집에 헬기까지 타고 오실 객이 뉘신고? 나가 보거라, 아가야."

"신경 쓰지 말고 먹고 있어. 아마 리날 거야."

"……!"

이국 여사가 손짓을 하자 김완이 성큼 걸음을 옮겼다.

리나! 김완이 신채린을 부를 때 쓰는 애칭이다.

김완은 신채린이란 이름을 가볍게 뱉었지만 사실은 이 지구상에서 가장 무거운 이름 중 하나였다.

그건 오 할머니 댁에서도 마찬가지였다.

"와우우, 쩐다, 쩔어! 채린 언니가 왔댄다, 쩐호야?"

"우리도 빨리 나가보자!"

"OK! 은하계 최고의 스타가 왕림하셨는데 미천한 것들이 감히 집안에서 맞이할 수 있나?"

김선우가 너스레를 떨며 홍지호와 함께 구르듯 헛간을 나갔다.

은하계 최고의 스타 신채린.

지난 연말연시 신채린의 무료 콘서트가 끝난 뒤 세계 최고의 스타, 지구 최고의 스타로도 부족해서 팬들이 새롭게 만들어낸 별칭이었다.

합당한 이유는 있었다.

황당하게도, 한희라가 만들어 신채린에게 선물한 두 개의 신곡이 세계 각국의 음악 프로그램을 휩쓸면서 이번 주 미국의 빌보드 싱글차트 2위와 9위에 랭크돼 정상을 향해 맹렬하게 돌진하는 중이었다.

황당하기보다 예상됐던 일이라는 표현이 옳았다.

그동안 수많은 가요전문가가 신채린이 신곡을 발표하면

아주 간단하게 빌보드 차트를 정복할 것이라고 농담 아닌 농담을 해왔다.

10억 마리가 넘는 신충이들!

세계 각국에 전염병균처럼 퍼져 있는 이 무시무시한 신 짱 팬덤이 버티고 있었기 때문이다.

지난 가을에 우리나라 각 방송사와 음원차트를 공격했던 신충이들이 이번에는 화력을 총동원해 세계 각국의 방송사를 융단 폭격했고, 온라인에 산적해 있는

'유튜브'를 비롯한 각종 커뮤니티와 인터넷 포털사이트를 초토화시켰다.

그중에서도 미국 가요 시장을 집중 공격하면서 신채린이 부른 신곡들이 단숨에 빌보드 차트 톱 10에 올랐다.

노래가 좋고 나쁘고를 떠나 이미 신채린의 노래는 세계 가요시장의 대세였다.

더불어, 신채린은 아카데미 여우주연상 후보에 노미네이트 되었던 배우에서 빌보드 차트까지 점령하는 아티스트가 됐고!

빌보드는 잘 알려진 대로 1894년 미국 뉴욕에서 창간된 음악잡지 이름이다.

두두두두!

굉음이 점점 커지며 (주)SK1이라는 화려한 영문자가 새겨

진 헬기가 천천히 오 할머니 댁의 바깥마당 위로 내려왔다.

(주)SK1에서 보유한 15인승 헬기였다.

참고로 오 할머니 댁의 바깥마당은 헬기가 아니라 전투기라도 착륙할 만큼 넓었다.

─흘흘, 정말 영악한 녀석이다. 내가 제 편을 안 들어줬다고 바로 쫓아오네그려!

이국 여사가 공중에서 내려오는 헬기들을 쳐다보며 쓴웃음을 지었다.

낮에 이국 여사는 신채린보다 강혜경에게 더 점수를 줬다.

"저 신충이인 거 아시죠, 할머님?"

윤정 선생이 이국 여사의 허락이 떨어지기도 전에 몸을 돌렸다.

윤정 선생은 오 할머니 댁에 서식하는 신충이 투였다.

신충이 원은 석초란 여사였고, 신충이 쓰리는 김선우였다.

─제자가 아무리 고관대작이라 한들 어찌 스승이 대문 밖까지 마중을 나가느뇨?

들어가서 술이나 한잔 더 하자꾸나.

"……!"

이국 여사의 의미심장한 한마디에 윤정 선생이 걸음을 멈췄다.

윤정 선생은 무려 반세기 동안이나 선생님 생활을 했다.

두두두두!

신채린이 프로펠러가 돌아가는 헬기를 뒤로 한 채 달려왔다.

매니저인 장 부장을 비롯한 십여 명의 스텝과 함께였다.

"여보야—"

신채린이 마치 수십 년에 만나 남북 이산가족처럼 김완을 부르며 품에 안겼다.

그리고 오랫동안 키스를 했다.

신채린의 키스는 송정은의 그것과는 차원이 달랐다.

아주 노골적이고 격렬했다.

전혀 주위를 의식하지 않았고 혀까지 빨면서 진하게 키스를 했다.

'예쁘다, 예뻐! 지구상에서 가장 예쁜 생물체라더니 정말 언제 봐도 예뻐!'

'이 깜깜한 밤에도 미모가 생생하게 살아 있어. 막 후광까지 비춰서 주위를 환하게 밝히고.'

마당 한편에서 지켜보던 김선우와 홍지호가 신채린의 미모에 경탄을 보냈다.

"지금 뉴욕에서 오는 거야?"

이윽고 김완이 신채린을 떼어 놓으며 입을 열었다.

이번에 입을 연 것은 키스가 아니라 말을 하기 위해서였다.

"웅! 내일이 여보야 생일이잖아? 마누라가 아무리 바빠도 밥 한 끼는 해먹여야지."

"어휴, 그렇다고 그 먼 길을 와? 내일 또 런던으로 가야잖아?"

"흐흥… 여보야가 보고 싶은데 어떡해? 자꾸 꼬추 생각도 나구……."

신채린이 허리를 흔들며 애교를 떨었고,

"자식! 내가 아니라 내 꼬추가 보고 싶었구만."

"히힝힝 우리 그거 먼저 할까, 여보야?"

"이 바보가? 할머니들께 인사부터 드려야지?"

"알았어, 알았어, 헤헤헤!"

귀엽게 웃으며 김완의 팔짱을 꼈다.

신채린이 김완을 지독하게 사랑하는 것이 분명했다.

지난번 올림픽 경기장 콘서트에서 부른 노래가 세계적으로 메가 히트를 치면서 이제 몸이 백 개라도 부족했다.

지금도 뉴욕 록펠러 센터에 본사가 있는 미국 메이저 방송사인 NBC에 출연해 노래 다섯 곡을 부르고 숨 돌릴 틈도 없이 한국으로 돌아왔다.

청주 공항에서 헬기로 바꿔 타고 오 할머니 댁에 도착했고!

내일이 신채린이 세상에서 가장 좋아하는 남자의 생일이

었기에.

"채린 언니! 우릴 너무 좀비 취급하는 거 아냐?"

김선우가 도끼눈을 뜨며 다가왔다.

"…누구시죠? 어디서 많이 뵌 분 같은데?"

"쳇! 누가 세계 최고의 배우라는 거야? 연기가 이렇게 막장인데!"

김선우가 퉁명스럽게 쏘아붙였고,

"후후후, 우리 아가씨 여전히 이쁘네. 잘 있었어?"

신채린이 김선우를 반갑게 안았다.

"지난번 콘서트 티켓 고마웠어, 언니! 언니가 보내준 티켓을 여기저기 뿌렸더니 나 국회의원 나오는 줄 알아?"

"흥! 난 섭섭했어. 공연장까지 왔으면서 나는 안 만나고 오빠만 보고 갔잖아?"

"미안함다! 백 리쯤 줄을 서는 게 귀찮더라구요."

김선우가 웃으면서 사과를 했고,

"여기 내 친구, 언니랑 지난번에 극장에서 인사했지?"

홍지호를 소개했다.

"그 카이스트 다닌다는 희경 씨?"

"저 희경이 아니에요, 언니!"

이번엔 진짜로 신채린의 건망증이 튀어나왔다.

"아, 그래! 공사생도 정은 씨였구나?"

"죄송해서 어떡하죠? 전 경희 한의대 다니는 홍지호거든요."

"우헤헤헤! 오나가나 우리 찐호는 넘 존재감이 없어."

홍지호가 입이 튀어나온 채 스스로 신분을 밝히자 김선우가 키득댔다.

"미안해, 지호 씨! 난 사람을 잘 기억하지 못해."

신채린이 쓴웃음을 머금으며 급히 사과를 했다.

"큰일 났어, 여보야. 난 왜 이렇게 사람을 기억 못하지?"

"시나리오에 나오는 사람들만 잘 외우면 되지 뭐."

이어 신채린이 건망증을 하소연했고, 베테랑 의사 김완이 쉽게 치료했다.

실제로, 유명한 스타들 중에는 건망증으로 고생하는 사람들이 많다.

수많은 사람을 상대하면서 나타나는 일종의 직업병이었다.

"희경 씨도 꽤 열심히 기억했는데… 이해해줘, 희경 씨."

"켁!"

신채린이 홍지호를 다시 심희경으로 착각하자 김선우와 홍지호가 뒤집어졌다.

그렇게 홍지호를 기억 못하는 신채린이었지만,

"오우, 드라이버! 버디! 홀! 이글! 페어웨이……."

열 마리의 개 이름은 정확하게 부르며 인사를 했다.

"치이, 너무하세요. 채린 언니! 열 마리나 되는 개 이름은 그렇게 정확히 기억하시면서 그래 제 이름은 그렇게 잊어 버리세요?"

"그, 그러니까? 진짜 이상하네. 개 이름들은 정확히 기억하지?"

"우혜혜혜혜! 역시 홍지호는 개만도 못한 여자야."

김선우가 방배동 집에서 홍지호가 김완과 단둘이 있을 때 김완이 개들과 놀았다는 비화를 떠올리며 폭소를 터뜨렸다.

홍지호는 다시 한 번 개만도 못한 여자가 되고 있을 때, 김완이 하얀 눈을 맞으며 행랑채 앞에 서 있었다.

신채린의 전담 매니저인 검은 안경을 쓴 장부장과 십여 명이 스탭이 조용히 따라갔다.

"미국에서 고생들 많았어요. 별일 없었죠, 장 팀장님?"

"네, 회장님!"

장 부장과 스탭들이 정중히 허리를 접었다.

"그래요. 앞으로는 야외공연이 더욱 많아질 테니 리나를 경호하기 점점 더 힘드실 거예요."

"최선을 다하겠습니다!"

"좋아요, 장 팀장님도 이제 우리 ㈜SK1의 경비경호팀을 맡고 있는 책임자입니다. 필드에서 뛰기가 힘드시면……"

"저는 회사를 그만두는 그날까지 아가씨를 모시겠습니다."

"하하하, 역시 장 팀장님 짱입니다. 왕까칠쟁이 리나가 장 팀장님을 따르는 이유가 다 있다니까요."

"과분한 칭찬이십니다."

"오늘 저녁은 직원들하고 여기 행랑채를 쓰세요. 장 팀장님! 방이 네 칸이나 되니까 불편하지 않을 겁니다. 주방에 음식들도 마련돼 있구. 부족한 게 있으면 막내 할머니께 말씀하시면 다 챙겨 드릴 겁니다."

"알겠습니다. 편히 쉬십시오, 회장님!"

장 부장이 다시 스탭들과 함께 정중하게 허리를 접고 돌아섰다.

"아참, 그리고… 장 사저!"

김완이 깜빡했다는 듯 한 손을 들었다.

이번에는 장 팀장이 아니라 장 사저로 불렀다.

곤륜산맥 속에서 거처하는 네 가문의 얘기를 하겠다는 뜻이었다.

"제가 곤륜에 가서 사부님들께 읍소를 해서 생사결(生死決)을 일단 막았습니다."

"정말 수고하셨습니다. 이 세상에서 생사결을 막을 수 있는 분은 사제가 유일합니다."

"뭐 돈으로 해결하니까 간단하더군요."

"흐흐흐훗!"

장부장이 아주 괴상한 웃음소리를 뱉었다.

"또 제가 산을 내려오면서 네 분 사부님께 간청해서 오백 명의 사제를 데리고 왔습니다. 몽땅 싱가폴 리조트 건설 현장의 경비 업무에 투입했구요."

"오, 오백명이나 말입니까?"

"사저께서 시간을 좀 내서서 싱가포르 현장에 가셔서 사제 들에게 경비업무에 관한 노하우를 좀 전수해 주십시오. 석 사형은 멕사코일만 해도 정신이 없어서 부탁드릴 분이 사저밖에 없습니다."

"알겠습니다. 내일 즉시 싱가포르에 들리겠습니다."

"고맙습니다, 장 사저!"

"제가 드리고 싶었던 말씀입니다. 사제는 우리 곤륜산 네 가문의 귀인이십니다. 그럼."

"네, 쉬세요. 사저!"

김완과 장부장이 서로 마주서서 허리를 깊숙이 접었다.

싱가포르 KK7 리조트.

이미 싱가포르 정부와 양해각서까지 교환한 엄청난 사업이었다.

김완이 멕사코에서 들어온 미화 80억 불 중에서 금강재단에 들어가는 20억 불을 제외하고 모조리 쏟아부었다.

카지노와 호텔, 골프장과 테스장, 수영장, 승마장 등의 위락시설을 포함하고 있는 동양최대의 리조트였다.

＊　　＊　　＊

"……!"

신채린이 봉황문양이 새겨진 화사한 한복으로 갈아입은 채 공손하게 절을 했다.

절을 받는 이국 여사와 윤정 선생도, 지켜보던 김선우와 홍지호도 입을 헤 벌렸다.

심지어 부부처럼 살다시피 하는 김완조차 정신을 못 차렸다.

신채린의 미색이 워낙 뛰어났기 때문이다.

—흘흘흘! 정녕 우리 애기의 미색은 화월용태요, 경국지색이로다. 어서 오너라! 뉴욕에서 예까지… 그 먼 길을 오느라 얼마나 고생이 많았느냐?

"아이, 괜찮아요. 큰할머니!"

이국 여사가 신채린의 미모를 칭찬하며 인사를 했고 신채린이 수줍게 받았다.

정말 그랬다.

경국지색 화월용태 이 미인을 지칭하는 한자 숙어로도 황금빛 한복을 예쁘게 갖춰 입은 신채린의 미모를 표현하기에는 무리가 있었다.

어둠침침한 헛간도, 꾀죄죄한 멍석도 신채린의 미모를 감추기에는 역 부족이었다.

마치 전설의 새 봉황이 헛간에 내려앉은 것 같았다.

"호호호, 축하해. 빌보드 차트!"

"고맙습니다, 선생님."

이번엔 윤정 선생이 짧게 축하 인사를 건넸고 신채린이 공손하게 답했다.

"…둘째 할머님 어디 가셨어?"

"중국에! 매해 이맘때면 친정에 다니러 가시잖아?"

신채린이 곧바로 석초란 여사의 근황을 물었고 김완이 간단히 대답해 줬다.

신채린도 석초란 여사가 신충이1이라는 것을 너무 잘 알았다.

신채린이 출연한 '불루지대' 등의 영화 시사회에 여러 번 초청까지 했었다.

"치이, 섭섭하네. LA 콘서트에 모시려구 했는데."

신채린이 진짜 섭섭한 듯 특유의 리액션인 볼우물 부풀리기를 했다.

―이 녀석아. 이 큰할미가 더 섭섭하구나. 이 큰할미는 콘서트를 볼 줄 모른다던?

이국 여사가 짐짓 인상을 쓰며 크게 손을 놀리며 수화를 했다.

―아, 아니에요. 큰할머니랑 윤 선생님 둘째 할머님 모두 모실 거예요.

신채린이 화들짝 놀라며 능숙한 수화로 대답했다.

신채린은 오래전에 대한민국을 눈물바다로 만들었던 '벙어리 달순이'란 영화에 여자 주인공으로 출연할 때 수화를 배웠다.

신채린은 오 할머니댁에 와서 말 못하는 이국 여사와 대화를 하기 위해 까맣게 잊어버렸던 수화를 다시 한 번 연습했다. 전용비행기 안에서!

바로 이런 점이 이국 여사가 신채린을 미워하고 싶어도 미워하지 못하는 이유였다.

―흘흘흘… 아니다, 아니다. 이 큰할미가 농을 했을 뿐이다.

이국 여사가 미소를 띤 채 손을 저었다.

부우우웅!

그때 대문 밖에서 자동차 소리가 들려오고

컹컹컹! 드라이버등이 힘차게 짖어대며 대문 밖으로 뛰쳐

나갔다.

─호랑이도 제 말 하면 온다더니 아가가 보고 싶어 하던 위인이 오셨구나!

이국 여사가 신채린을 보며 수화를 했다.

"둘째 할머님이 오신 거예요?"

─오냐, 그런 것 같구나. 흘흘흘!

신채린이 깜짝 놀라 반사적으로 수화 대신 육성으로 물었고 이국 여사가 고개를 주억거렸다.

"어허─ 원 시상에 이런 쌍놈의 집안이 다 있나? 사람이 구만리 여정을 끝내고 돌아오거늘 어찌 개새끼들만 마중을 나오고 인간들은 코빼기도 안 보이나!"

석초란 여사가 헛간 쪽으로 다가오며 특유의 질그릇 깨지는 목소리로 투덜댔다.

"할머니!"

김선우와 홍지호가 반갑게 쫓아나갔고,

"후우… 채린이 왔어요, 둘째 할머니."

신채린이 해맑게 웃으며 허리를 숙였다.

"켈켈켈켈! 이게 누구여? 우리 금지옥엽 손자며느리가 아니신가!"

석초란 여사가 얼굴에 끼고 있던 선글라스를 미리 위로 올리며 신채린을 껴안았다.

여전히 음성은 질그릇 깨지는 소리였고 얼굴의 긴 칼자국도 변함이 없었지만, 비주얼은 전혀 달랐다.

시커먼 몸빼 차림의 무장공비가 아니었다.

세계적인 아웃도어의 명품인 캐나디안 구스다운으로 머리끝부터 발끝까지 치장을 했고, 결정적으로 이태리제 선글라스를 걸치고 있었다.

머리와 어깨에 눈이 하얗게 맞고 있어서 어떻게 보면 스키장을 다녀오는 사람 같기도 한 조금은 코믹한 모습이었다.

"우리 깡패 할머니는 손자가 사준 선글라스는 열심히 쓰면서 큰할머니나 난 보이지도 않는구만."

"켈켈켈! 어인 섭섭한 말이냐. 우리 칠대 독자보다 귀한 사람이 누가 있겠느냐?

짝! 김완과 석초란 여사와 하이파이브를 했다.

김완이 석초란 여사와 나누는 최신버전 인사였다.

—흘흘… 친정을 갔다 오더니 목소리가 더 커졌구나. 그 썬구리도 잘 어울리구!

"어머님도 참 썬구리가 뭡니까 썬가라스죠!"

"썬구리와 썬가라스?"

"깔깔깔! 진짜 발음 구리고 가라다."

김선우와 홍지호가 석초란 여사의 발음을 흉내 내며 폭소를 터뜨렸다.

"어머님, 그만 안방으로 드시죠. 이 귀한 손님을 헛간에 둬서야 되겠습니까?"

—오냐, 내 그러잖아도 방으로 들어 갈 참이었다.

석초란 여사가 정색하고 장소를 옮길 것을 권했고 이국 여사가 흔쾌히 응했다.

"어서 안방으로 가자 꾸나, 아가야! 한데 안색이 안 좋구나. 어디 몸이 불편한 게냐?

석초란 여사가 신채린의 손목을 꼭 잡고 헛간을 벗어나며 다정하게 말했다.

"아니에요. 요즘 너무 바빠서 좀 피곤 할 뿐이에요."

"그래그래. 내 친정을 다녀오면서 아가 먹이려고 아주 귀한 약술을 담궈왔다. 기대해 보거라."

"후우우! 둘째 할머니는 정말… 눈물 나."

"켈켈켈, 녀석……."

김선우와 홍지호가 다정하게 걸어가는 석초란 여사와 신채린을 쳐다보며 고개를 흔들었다.

"저 까칠한 둘째 할머니가 채린 언니 먹이려고 중국에서 약재까지 구해 오셨단다?"

"맞네. 채린 언니가 결국 니네 새언니가 되겠구나."

"그래! 우리 집에 와서 떳떳하게 오삐히고 자고 가는 유일한 여자야."

"푸우. 이번엔 정은이가 불쌍하다."

오지랖 넓은 홍지호가 송정은을 걱정했다.

"맹추야. 정은이는 이미 러시아 유학시험에 응시할 때부터 결심했어. 걘 러시아 가면 쉽게 돌아오지 않을 거다."

"……!"

"정은이는 그런 애야. 죽으면 죽었지 오빠에게 손톱만치도 귀찮게 굴 여자가 아냐. 평생 오빠의 그림자로 살 거야."

송정은 그런 여자였다.

있는 듯 없는 듯 그림자처럼 살아가는 여자.

타닥타닥!

놋쇠화로에서 숯불이 타오르며 방 안을 따뜻하게 덥혀 줬다.

화려한 한복을 걸친 신채린이 무릎걸음으로 다가가 예쁜 봉투 하나를 이국 여사에게 공손히 건넸다.

ㅡ역시 천하의 신 짱이다. 흘흘흘흘ㅡ

이국 여사가 봉투를 든 채 몹시 기분이 좋은지 입을 활짝 벌리며 대소를 터뜨렸다.

"켈켈켈! 그럼요. 선물은 현찰박치기 최고입죠."

"물론이에요, 어머님! 괜히 얄궂은 물건을 사오는 것보다 이렇게 채린이처럼 현찰을 주는 게 훨 좋죠.

석초란 여사와 윤정 선생이 신채린이 주는 봉투를 받으며
치사를 했다.

"후우, 네에! 저도 현찰 선물이 제일 좋았어요."

신채린이 미소를 띠며 맞장구를 쳤다.

"그, 근데 채린아. 혹시 봉투가 바뀐 거 아니니? 액수가 너
무 많아 애!"

"그동안 밀린 용채를 한꺼번에 드리는 거예요. 신경 쓰지
마세요, 선생님!"

윤정 선생이 봉투를 내려다보며 입을 헤 벌렸고, 신채린이
귀엽게 미소를 지었다.

─오오오! 우리 아가 손이 황금손이구나. 어찌 늙은이들 용
채로 집 한 채를 주느뇨?

"정녕 내 손자며느리로세! 이 할미가 생각한 것보다 공이
두 개나 더 붙어왔구나."

배포와 깡이라면 세계에서 으뜸인 이국 여사와 석초란 여
사가 신채린이 건넨 용돈의 액수에 기가 질렸다.

할머니들은 알 수가 없었다.

신채린이 갖고 있는 돈에 대한 개념은 석초란 여사 말대로
공이 두 개 더 붙어 있었다.

신채린의 돈질은 만 원에서 시작하는 것이 아니라 백만
원에서 시작된다.

"나는? 난 용돈 안 줘?"

김완이 인상을 쓰며 짐짓 너스레를 떨었다.

"응! 얘 가져. 울 여보야, 용돈이야."

"흘흘흘! 켈켈켈!

신채린이 김완에게 살포시 기대며 애교를 떨자 이국 여사 등이 대소를 터뜨렸다.

이국 여사와 석초란 여사 앞에서 김완에게 기대며 스킨십을 할 수 있는 여자는 또 신채린뿐이었다.

"나, 난? 난 줘야지, 언니?"

김선우가 홍지호와 함께 밤, 호두 등이 잔뜩 담긴 쟁반을 들고 들어오며 안방이 떠나가라 외쳤다.

"왜 나한테 용돈을 달래? 희라한테 달라고 해, 아가씨는!"

김선우의 용돈 타령에 신채린이 쌀쌀 맞게 받았다.

"무슨… 소리야?"

김완이 신채린의 입에서 뜬금없이 한희라 이름이 튀어나오자 뭔가 감을 잡고 신채린의 눈치를 살폈다.

"흥! 우리 아가씨 완전 양다리야. 작년 말에 오빠 때문에 강남의 신우 백화점 명품관에 들린 적이 있었는데 희라랑 둘이 깔깔대며 돌아다니더라니까! 양손에 쇼핑백을 잔뜩 들고!"

"윽! 봤구나?"

신채린이 양다리 전술을 폭로하자 김선우가 마른 비명을 토했다.

"진짜 배신감 느꼈어. 우리나라 치안이 걱정되더라구. 장차 아가씨 같은 사람이 경찰의 간부가 돼봐? 여기저기 막 걸칠 거야."

"그, 그게 채린 언니! 오해는 하지 마. 희라 언니가 우리 학교까지 와서……."

"됐거든! 보나마나 희라한테도 그랬겠지. 난 언니가 우리 새언니가 됐으면 정말 좋겠어. 우헤헤헤!"

"이히히히! 허허허허!"

신채린이 김선우의 변명을 가차없이 자르며 유명배우답게 김선우의 말투를 똑같이 흉내 내자 홍지호와 할머니들 파안대소를 했다.

김완은 김선우를 잡아먹을 듯 노려봤고!

탁!

신채린이 김선우의 손바닥 위에 예쁜 봉투 하나를 올려놓았다.

"한 번만 더 이상한 계집애들하고 다녀 봐. 아가씨, 후꾸시마로 보낼 거야. 원자력발전소 터진 데 알지?"

"헤헤헤, 아써, 아써! 나 신충이라는 거 잘 알잖이?"

"대신 페널티로 희경 씨, 아니, 지호 씨랑 용돈 반땡해."

"히히히! 고마워요, 채린 언니. 용돈두 고맙구, 내 이름을 간신히 외워준 것두 고맙구!"

이번에는 신채린이 이름을 정확히 부르며 용돈까지 주자 홍지호가 환호성을 터뜨렸다.

"이건 반땡하기에는 무리가 있는 액수 같다……."

신채린이 준 봉투에서 수표를 꺼내보던 김선우가 점잖게 목소리를 깔며 홍지호에게 봉투를 건넸다.

'액수가 얼마나 적으면 선우 표정이 저렇게 변하지? 세계 최고의 배우 신 짱이 시누이에게 용돈을 주면서 만 원짜리 몇 장 넣은 건 아니겠지?'

홍지호가 봉투 속의 수표를 확인하고 입을 쩍 벌렸다.

국민은행에서 발행한 일억 원짜리 자기앞수표였다.

정말 대학생 두 사람이 반으로 나누기에는 무리가 있는 액수였다.

철썩!

그 순간, 김선우가 어떤 생각이 났는지 이마를 치며 자리에서 벌떡 일어나 총알처럼 안방을 빠져나갔다.

"……?"

동시에 김완과 신채린등이 멍청한 표정으로 활짝 열린 방문을 쳐다봤다.

착착착!

김선우가 환하게 미소를 띠며 화투를 요란하게 쳐대며 다시 안방으로 들어왔다.

"자자자, 놀면 뭐해? 언니가 준 용돈들도 두둑하겠다. 화끈하게 한판 붙읍시다."

"아, 아가씨? 고스톱 치자는 거야, 지금?"

"흐흐흐! 남자 한 명 열외! 아가씨 여섯! 노장 대 소장! 완전 정예멤버 아닙니까?"

착착착! 김선우가 빠르게 화투를 치며 바람을 잡았다.

노름과 내기는 김선우 전공이었다.

―흘흘흘! 좋다. 이 큰할미도 사양하지 않겠다. 오랜만에 식구들끼리 노름 한번 해보자."

"호호호! 재미있겠다. 지호야 할머니 장롱에서 담요 좀 꺼내렴."

"이, 이거 보나마나 내가 또 범인인데… 선우야, 난 빠지면 안 되겠냐?"

"지금 뭔 얘기를 하는 거야? 곤륜의 딸 쪽이 있지. 돈 몇 푼에 칭얼대?"

"아후, 난 돈도 얼마 없는데. 큰일 났네?"

홍지호가 장롱을 열고 담요를 꺼내며 앓는 소리를 했다.

"지호야! 그 담요가 아냐. 내가 꺼내마."

김완이 자리에서 일어나 장롱쪽으로 다가갔다.

그리고 슬쩍 홍지호 주머니에 뭔가를 넣어 줬다.

"......!"

홍지호가 움찔했다.

"윤 샘! 이 담요 말하는 거지?"

"응, 그 국방색 담요. 화투치기엔 그 담요가 제일 좋다."

김완이 아무 일 없다는 듯 담요를 꺼냈고 윤정 선생이 미소를 띠며 대답했다.

"후우. 어떡하지, 여보야? 난 겨우 짝만 맞추잖아? 할머니들이나 아가씨는 완전 선수들 같은데……."

"하하, 괜찮아 내가 옆에 있잖아?"

신채린이 울상을 지었고 김완이 파이팅을 외쳤다.

"나 잠깐 화장실 좀 다녀올게."

"으흐흐흐! 기래기래 이것도 노름이라고 우리 찐호 벌써부터 긴장 타는구만"

홍지호가 어른 안방에서 나왔다.

술을 같이 먹어봐라.

돈 거래를 해봐라.

노름을 같이 해봐라.

사람을 알기 위한 가장 정확한 방법이라고 했다.

신채린이 오 할머니 댁을 찾아와서 용돈을 두둑이 돌린 덕에 느닷없이 화투판이 벌어졌다.

'56만 8천 원! 완이 오빠가 선우도 모르게 내 주머니에 넣어준 돈이다.'

홍지호가 안채에 딸린 화장실에서 나오며 눈을 빛냈다.

'아마 시장에 가서 고기나 장어를 사면서 백만 원짜리 수표를 내고 거슬러 받은 돈일 것이다. 그 돈을 통째로 나한테 줬다.'

홍지호가 화장실을 찾은 것은 김선우 말대로 노름 때문에 긴장을 해서 간 것이 아니었다.

김완이 조용히 찔러준 돈. 그 돈의 액수를 확인하기 위해서 갔던 것이다.

'정말 김완이란 남자는 여자들이 좋아할 수밖에 없겠구나. 오십만 원이 넘는 돈을 주면서도 받는 사람의 체면까지 생각해주니 다른 일은 얼마나 챙길까.'

동시에 김완이 인간성을 재삼 확인했다.

'씨이, 그때 둘이 있었을 때가 기회였는데… 오빤 나보다 개를 좋아하니 뭐.'

하지만, 개만도 못한 여자라는 점이 여전히 가슴에 맺혔다.

본토에서 정통으로 화투를 배웠고 구력이 무려 백 년 가까이 되는 이무기.

화투나 카드보다 무술에 더 소질이 있는 몸빼 몬스터.

오십 년 교사생활을 하면서 동료들 집들이나 초상집에 가서 화투를 만져본 아마추어.

IQ 180으로 노름꾼 연기를 위해 실제 타자에게 화투를 배운 포커페이스의 귀재.

이미 대학가에서 내기꾼 노름꾼 싸움꾼으로 삼꾼녀로 소문난 프로.

돈이 없어서 오빠한테 원조를 받아 게임에 참여한 똑똑한 의대생.

이들 여섯 명이 고스톱을 치면 누가 돈을 딸까?

서로 잘 아는(?) 식구들이니까 삼오칠 천으로 상한가 5만 원이란 규칙을 정하고 여성 육인조로 출발한 고스톱 판.

"원고! 고 한 번 했어요, 할머님들!"

겨우 짝이나 맞출 줄 안다고 엄살을 떨던 신채린이 국화 세 패를 흔들고 신중하게 원고를 불렀다.

"오호! 이것 봐라. 흔들고 원고야?"

―흘흘흘! 누가 배우 아니랄까 봐. 깜빡 속았구나. 우는 소리를 하더니 뺑끼였어.

굉장한 선수구나.

이국 여사가 이무기답게 뺑끼라는 전문 용어를 사용해 신채린의 정체를 밝혔다.

"아이, 큰할머님은! 어쩌다 운이 좋아서 맞은 거예요."

신채린이 여전히 위장전술을 썼다.

마악 다섯 판째 놀아간 판에서 홍지호와 윤정 선생이 광을 팔았고 김선우 이국 여사 신채린 엔트리 멤버들끼리 붙었다.

석초란 여사는 매조 열 끗짜리가 광이 아니냐고 우기다가 패를 접었고!

"고! 투고예요. 아가씨!"

신채린이 청단 진쪽을 먹고 고를 한 뒤 내친김에 투고까지 불렀다.

실은, 오 할머니 댁에서 화투판이 벌어지는 게 그리 낯선 풍경은 아니었다.

아니, 익숙하다고 표현을 해야 맞는 말이었다.

지금처럼 농번기가 끝난 겨울이 되면 할머니들은 모여서 밤낮없이 일점에 십 원짜리 고스톱을 쳤다.

주전 멤버는 셋째부터 막내 할머니까지 세 명이었다.

간혹 둘째 할머니가 가담하긴 했지만 불같은 성격 덕에 몇 판치지 못하고 아웃이었다.

이국 여사는 옆에서 구경이나 하면서 훈수를 뒀고.

이렇게 화투를 즐기는 할머니들 덕에 김완이나 김선우는 골프와 마찬가지로 갓난쟁이 때부터 영재 교육을 받은 고수들이었다.

특히 할머니들과 오랫동안 살아온 김선우는 오 할머니 댁

제일고수인 김용화 여사가 심심풀이로 끼고 가르쳤다.

"쓰리고!"

신채린이 쓰리고를 불렀다.

"우쓰… 상한가네!"

"흘흘흘! 아가야 조심해라 첫 끗발이 개 끗발이란 격언이 있단다.

"카하— 내가 자리 진짜 잘 잡았구나. 나 또 광파는 거야? 히히히!"

신채린이 쓰리고 부르고 상한가로 오만 원 자리를 때리자 김선우와 이국 여사가 툴툴거렸고, 왼쪽에 앉아 있던 홍지호 가 쾌재를 불렀다.

선수니 타짜니 하는 사기꾼들이 끼기 전에는 어느 화투판 이든 시간이 흐르면 판세기 비슷해진다.

즉, 많이 잃은 사람도 많이 딴 사람도 없게 돼 있다.

그것이 도박이라는 확률 게임의 매력이다.

지금 오 할머니 댁에서 벌어지는 고스톱 판도 마찬가지였다.

초장에 날아다니던 신채린의 기세가 주춤하면서 이국 여 사가 판을 주도하기 시작했고, 시간이 좀 더 흐르자 체력이 좋은 김선우가 종횡무진 뛰었다.

'사람이란 게 참 간사한 동물이여? 어려운 시절에는 하루

빨리 부처님 곁으로 가고 싶더니 이렇게 좋은 때가 저승가기가 싫구나.'

이국 여사 흐뭇한 미소를 지은 채 신채린과 김선우, 홍지호가 진지하게 고스톱을 치는 모습을 바라보며 얼마 남지 않은 자신의 삶을 안타까워했다.

착착착착!

계속해서 광을 팔아 치부를 하던 홍지호가 이번엔 선수로 출전해 4천 원짜리 양피박을 씌우고 화투패를 섞었다.

"아, 진짜 삼백예순 날이 오늘만 같았으면 좋겠어. 왜 이렇게 패가 화려하게 들어오는 거야?"

홍지호가 호들갑을 떨 때 신채린이 꾸벅꾸벅 졸다가 화투를 떨궜다.

"안 되겠다. 채린이가 고단한 모양이구나. 데리고 건너가거라, 아가야!"

"피곤할 만도 하지 뉴욕에서 여기까지 날아왔으니 뭐!"

석초란 여사가 신충이1답게 신채린을 걱정했고 김완이 고개를 주억거렸다.

"난 괜찮아, 여보야……."

─흘흘흘! 아니다. 어서 건너가 자거라.

"호호호! 그래, 채린아. 만 돈 토해내고 빠져라."

이국 여사와 윤정 선생이 신채린을 잠자리로 몰았다.

"그래, 빨리 가서 자자. 눈이 완전 토끼 눈이야."

"그럼 먼저 가서 잘게요. 죄송해요. 큰할머니, 이거!"

김완이 팔을 잡으며 일으키자 신채린이 이국 여사에게 만 원짜리와 천 원짜리를 밀어주고 자리에서 일어났다.

―흐흐흐! 기특한 녀석. 개평을 줬도 큰할미에게 주고 가는 구나."

"빨리빨리 갈사람 가시고, 나 고야!"

이국 여사가 일어서는 신채린의 엉덩이를 두드렸고 김선우가 신채린을 쫓아내며 고를 불렀다.

할머니들이나 김선우는 늦은 시간까지 화투를 치는 데 익숙했다.

돈도 돈이었지만 승부를 즐겼다.

"후우우― 좋다."

"뭐야? 졸던 사람 맞아?"

"후우! 그냥 척했어. 여보야랑 있고 싶은데 아가씨나 할머니들은 자꾸 밤새 화투만 치려구 하니 짱나잖아."

"자식!"

신채린이 투덜거렸다.

신채린은 오늘밤 할머니들과 화투를 쳤다.

할머니들은 이제 신채린을 아주 자연스럽게 한 식구로 받아 들렸던 것이다.

이것이 바로 화투 같은 오락의 묘한 힘이다.

"여보야, 나 업구 가?"

"업혀 봐!"

신채린이 김완의 등에 찰싹 업혔다.

"아휴, 좋아. 울 여보 등 너무 따뜻해."

신채린 김완의 등에 업혀 사랑채 김완의 방으로 들어갔다.

큼직한 오동나무 장롱 하나만 덩그러니 놓인 김완의 방에는 형형색색의 이불보가 덮인 이불이 깔려 있었다.

"정말 할머니들이 여보야를 엄청 사랑하시는구나."

"무슨 소리야?"

신채린이 이불을 내려다보며 뜻을 알 수 없는 말을 뱉자 김완이 되물었다.

"이 이불보를 봐봐. 할머니들의 이 정성 자그마한 천 조각이 천 개는 되겠다. 하나하나 꿰매서 이은 거야

"......"

할머니들이 아니라 이국 여사 혼자 만든 이불보였다.

무려 오 년에 걸쳐 하루에 몇 조각씩 천이백 개의 천 조각을 이어서 만들었다.

손자인 무병장수를 기원하며!

신채린 말대로 이국 여사가 김완을 얼마나 사랑하는지 단

적으로 보여주는 증거였다.

하지만 그 할머니를 내일 저녁에는 영영 만날 수 없었으니!

"이렇게 천 조각을 이어서 이불보를 만들면 이불을 덮고 자는 사람이 장수를 한대. 천 조각 숫자만큼! 아후, 좋다!"

신채린이 천 조각의 의미를 설명하며 이불 위에 누었다.

"여보야야양! 안아줘."

"소리 좀 살살 질러. 리나 신음 소리 듣고 안채에서 할머니들 뛰어 오셔."

"후후홍, 바보야. 그 소리가 내 마음대로… 흡!"

김완이 신채린이 입술을 빨았다.

그렇게 겨울밤은 깊어갔다.

신채린이 김완의 품에 안겨 사랑을 하면서 지른 신음 소리가 안채까지는 들렸지만 할머니들은 아무도 듣지 못했다.

열심히 고를 외치고 있었기 때문이다.

두두두두!

신채린이 타고 왔던 15인승 헬기가 하늘을 향해 치솟았다.

신채린이 한복을 곱게 차려 입은 채 지극정성을 다해 미역국과 쌀밥을 지어 김완에게 아침상을 차려준 직후였다.

─흘흘흘! 조금만 참거라. 내 오늘 새벽에 윗분들을 만나 담판을 지었다. 얼마 지나지 않아 채린이가 가장 갖고 싶었던

것을 갖게 될게다. 이 큰할미가 채린이 편을 들지 않은 사과를 겸해서 주는 선물이다.

이국 여사가 안채의 쪽 마루에서 서서 하늘 저편으로 멀어져 가는 헬기를 물끄러미 쳐다보며 중얼거렸다.

―부디 우리 아가를 잘 부탁한다.

이국 여사가 천천히 몸을 돌렸다.

이국 여사가 윗분들, 신들과 싸움까지 해서 받아내어 신채린에게 준 선물.

신채린이 가장 가슴 아파하고 가장 갖고 싶어 하던… 그 아기였다.

이국 여사가 이승에서 저승으로 갈 때 쓰겠다고 신들에게 떼를 써서 받아낸 노자였다.

"켈켈켈! 밤을 홀딱 새고 돈까지 잃은 사람은 이렇게 생생한데 밤새 돈을 보따리도 챙기신 분은 녹초가 되셨습니까?"

석초란 여사가 특유의 양철 지붕 긁은 소리를 내며 이국 여사의 방문을 열었다.

"참 어젯밤에 얼마나 고스톱을 열심히 쳤으면 생전 모르시던 오수를 다 주무실까?"

김완이 석초란 여사를 따라 들어오며 말을 이었다.

"내가 담가놓은 더덕주와 산삼주를 몰래 훔쳐 잡수셔서 기운이 뻗치셔서 그런……."

석초란 여사가 안방에 조용히 누워 있는 이국 여사를 바라보며 움찔했다

"아가야… 식구들을 모두 불러라. 큰할머님이 임종을 하실 듯싶구나."

"큭!"

김완이 임종이란 말을 듣는 것과 동시에 마른비명을 토했다.

임종.

말 그대로 죽음을 맞이한다는 뜻이다.

드르르륵!

잠시 후, 안방 문이 활짝 열렸다.

아직 친정에 가서 도착하지 않은 김용임, 김용화 두 할머니만 빼고 모두 이국 여사의 주위에 앉아 있었다.

그래 봤자 네 식구였지만!

다음 달에 마산으로 이사 갈 예정인 송병시 부부가 대청에 앉아 있었다.

그리고 드라이버를 비롯한 개들도 뭔가 눈치를 챘는지 뜰 앞에서 어슬렁거렸다.

"흑흑흑… 할머님."

"큰할머니 벌써 돌아가시면 안 돼! 오늘 복수전 해야지?"

윤정 선생과 김선우가 계속해서 눈물을 흘렸다.

"큰할머님 손을 잡아 드려라. 아가야."

석초란 여사가 나직이 말했다.

김완이 꼭 이국 여사의 손을 잡았다.

이국 여사의 손이 얼음장처럼 차가웠다.

생명의 기운이 조금씩 조금씩 달아나고 있었기 때문이다.

─흘흘흘. 우리 아가가 세 살 때… 일만 개의 세계전도 퍼즐을… 단 두시간 만에 맞출 때… 아주 영리한 녀석이라는 것을 눈치챘지, 흘흘흘…….

회광반조인가?

혀를 다친 이국 여사가 꿈을 꾸는 듯… 가래가 끓는 쇳소리를 뿜어냈다.

이국 여사가 여러 잡지나 방송사와 인터뷰를 할 때 손자인 김완을 대놓고 칭찬하며 자주 사용했던 멘트였다.

여러 사람이 주책이라고 흉볼 만큼 자주 사용했던 어휘!

─우리 이쁜 아가… 식구들을 잘 부탁…….

또로록!

김완에게 식구들을 잘 부탁한다는 말과 함께 눈물 한 방울이 이국 여사의 눈에서 얼굴로 굴러 떨어졌다.

그리고 조용히 눈을 감았다.

조선왕조의 마지막 왕녀.

이국 여사는 이렇게 세상을 떠났다.

향년 111세.

본관은 전주 이가였고, 고향은 서울 종로였다.

툭! 툭툭!

김완의 눈에서 굵은 눈물방울이 흘렀다.

KAL 002 특별기 격추 사건으로 부모를 잃은 뒤 밤나무 숲에서 동생인 김선우를 그네에 태워 밀어주면서 보였던 그 눈물이었다.

"흐흑흑!"

김완을 비롯한 식구들이 이국 여사의 시신 앞에서 오열을 했다.

삼십 분쯤 뒤.

반포면사무소 건너편에서 '허 의원'을 운영하는 의사가 왕진을 왔다.

"아주 편안하게 가셨습니다. 사망 시간은 정확히 오후 2시 30분. 사인은 자연사. 생명력을 한 줌도 남김없이 쇠진하시고 가셨습니다. 허허허!"

얼굴이 불그스레해 흡사 삶아 놓은 문어처럼 보이는 늙은 의사였다.

의사는 평소 오 할머니 댁과 가까운 듯 이국 여사의 사망진 단서를 작성하며 가볍게 웃기까지 했다.

"윤정 선생!"

"네에, 흑흑흑……."

의사가 오열하는 윤정 선생을 불렀다.

"그만 우시오. 우리가 살고 있는 이곳이 곧 지옥이라고 하더이다. 그 지옥 속에서 한 세기를 넘도록 고행을 하시다 떠나셨오. 내 저승이 어떤 곳인지 아직 가보지 않아서 확인은 못했지만 이 지옥보다는 좋은 곳이라 들었오. 편안하게 보내드리시오!"

"흑흑흑, 네……."

삶아 놓은 문어를 닮은 의사가 사망진단서 한 장과 부처님 같은 설법 한마디를 남기고 오 할머니 댁을 나갔다.

의사는 김완의 할아버지, 윤정 선생의 남편과 친구였다.

"둘째 할머니! 부고장을 돌려야 하는 거 아냐? 어른들께 전화도 드리고……."

김선우가 경찰대학생답게 부고장을 거론했다.

사람이 죽었을 때 지인들이나 친인척들에게 장지 등을 알리는 것을 부고장이라 한다.

"아니다! 생전에 큰할머님께서는 가족장을 부탁하셨느라. 외인들은 아무도 모르게 식구들끼리 조용히 장례를 치러 달라고 신신당부를 하셨다."

석초란 여사가 눈물로 얼룩진 얼굴을 씰룩이며 엄하게 입을 열었다.

"……!"

문득, 석초란 여사의 입에서 가족장 얘기가 나오자 송병시의 얼굴에서 아주 짧은 이채가 스치고 지나갔다.

몸속에 비밀이 있었나?

이렇게 말하는 눈빛이었다.

"그래도…….'

"큰할머님은 그 많던 선대의 산소를 모조리 파하고 사당에 위패 하나만 모신 분이다. 당신이 돌아가시면 시신을 화장해서 밤나무 숲에 뿌려주고 위패조차 남기지 말라고 하셨다."

석초란 여사가 김선우에게 이국 여사가 생전에 남긴 유언을 찬찬히 설명했다.

김선우에게 하는 말이었지만 오 할머니 댁 식구 모두에게 들려주는 말이었다.

"우리 큰할머니는 정말… 못 말리는 기인이셔. 오늘 새벽까지 내 돈을 따 가신 분이니 할 말도 없지 뭐…….'

김선우가 눈물을 훔치며 너스레를 떨었다.

김완이 말없이 김선우의 손을 꼭 잡았다.

"흑흑흑…….'

김선우가 김완의 품에 안기며 흐느꼈다.

부모가 없는 김선우와 김완에게 이국 여사는 어머니 같은 존재였다.

언제나 그 어느 때나 그 자애로운 품으로 안아주는 엄마!

김선우의 너스레 덕분인지 분위기가 조금씩 밝아졌다.

벌써, 유언대로 이국 여사의 존재가 잊혀지기 시작했다.

"정은 에미야! 향과 물을 준비하거라. 일단 목욕을 먼저 시
켜 드리자꾸나."

"예, 할머니!"

석초란 여사가 염습을 하기 위해 송병시의 부인이자 송정
은의 엄마인 중년 여자에게 목욕 준비를 시켰다.

이어 송병시 부부가 눈빛을 교환했다.

시신을 목욕시키고 염습을 하는 데 참관을 한다면?

이국 여사의 신체에 숨겨져 있는 모든 비밀을 알 수 있다.

후우우!

송병시가 오 할머니 댁의 밤나무 숲을 걸어가며 길게 한숨
을 내뿜었다.

늘 들고 다니던 낫이나 삽과 같은 농기구 대신 담배 한 가
치가 들려 있었다.

유감스럽게도 이국 여사의 신체가 너무 깨끗했던 것이다.

그 옛날 일본제국의 헌병들과 경찰들에게 받은 고문의 흔
적이 흉하게 남아 있었을 뿐!

"삼십 년이 넘는 그 세월⋯ 그 장구한 세월을 십 원짜리 하

나 건지지 못하고 날렸군!'

송병시가 담배연기를 깊게 삼켰고,

"허허허허허—"

아주 길게 너털웃음을 지었다.

그렇게 이국 여사의 장례가 끝났다.

이국 여사는 정말 십 원짜리 한 장 숨기지 않은 채 역사의 저편으로 사라졌다.

*   *   *

이 할미는 늘 불만이었다.

왜 하늘은 할미를 데려가지 않고 그토록 모진 세월을 끝없이 살비 할까?

백 년이 넘도록 세상을 살다니?

지금 이 순간에도 할미는 믿어지지 않는다.

아가가 세상에 태어났을 때… 그때서야 할미는 이해를 했다.

우리 아가는 불타께서 이 할미를 불쌍히 여기사 할미의 소원을 풀어주기 위해 보낸 사자였다.

아가는 내 부모도 남편도 자식도 그 누구도 해주지 못했던 그 모든 것을 내게 줬다.

할미는 아가를 통해 모든 한을 풀었다.

내 전생 구십 년은 불행했으되 내 후생 이십 년은 너무 행복했다.

우리 아가가 곁에 있어서!

이제 내 죽으면 아가는 화장을 해 우리 뒷동산에 뿌려 주거라.

절대 매장을 하거나 유골을 남기지 말거라. 묘나 위패조차 남기지 말거라.

제사 또한 필요 없느니!

할 수만 있다면 이 할미가 이 세상에 왔던 모든 흔적을 지워주길 바란다.

그리고 가끔씩 아가의 가슴속 한 모퉁이에 남겨져 기억해 준다면……

이 할미는 그것으로 족하다.

이 할미는 아가가 어떤 일을 하고 싶어 하고 어떤 길을 가려는지 어렴풋이나마 알고 있다. 할미는 결코 그런 길을 원하지 않는다.

그저 우리 아가가 아무 근심 없이 평생을 살아가기를……

그렇게 평생을 살아가기를 바라노라.

우리 집안의 모든 재산은 사랑하는 아가 완이에게 남긴다.

내 이름으로 된 세상의 모든 재산 또한 사랑하는 아가 완이에게 남긴다.

식구들을 잘 부탁한다, 아가야!

툭!

손톱 정리가 잘된 단아한 손이 녹음기 버튼을 눌렀다.

"아시다시피 여사님이 혀를 다치셔서 발음이 아주 좋지 않습니다. 잘 들리셨을지 모르겠는데 여사님이 육성으로 직접 녹음하신 유언입니다."

김완의 서울대 선배인 법무법인 '신산'의 박종호 변호사가 깔끔한 양복을 갖춰 입은 이십대 남자와 함께 대형 녹음기를 앞에 놓고 공손하게 앉아서 입을 열었다.

"직접 들으셔서 아시겠지만 지금 공개한 육성은 고손자인 김완 회장님께 남긴 유언입니다. 그럼……."

박종호 변호사가 손짓을 하자 이십대 남자가 다시 녹음기를 틀었다.

아주 긴 세월을 이 세상에서 머물다 가오.

내가 이렇게 유언을 남기는 것은 이제 나를 아는 모든 사람들이 나를 완전히 잊어주길 바라는 뜻에서요.

생전에 내가 그대들에게 조금이라도 기억이 됐다면 이제 그 조그마한 기억을 지워 주시길 간곡히 부탁하오.

그래야 저승이 길이 조금이도 편하지 않겠오?

그동안 고마웠오!

"얼마 전에 이국 여사님께서는 우리 사무실에 직접 오셔서 몇 가지 문서와 두 가지 유언을 남기셨습니다. 또 저를 유언 집행인과 유산상속 대리인으로 선임하셨습니다."

박종호 변호사가 자신이 이국 여사의 대리인임을 알렸다.

소박한 집기들로 산뜻하게 단장된 사무실이었다.

김완과 김선우, 석초란 여사를 비롯한 할머니 네 명과 송병시 부부까지 꼭 여덟 명이 착석하고 있었다.

"첫 번째 유언은 김완 회장께 남긴 것이고, 지금 공개한 두 번째 유언은 이국 여사님을 아는 모든 사람, 즉 친인척들에게 남기신 유언입니다."

박종호 변호사가 아주 신중하게 발언을 했다.

예나 지금이나 유산 상속은 가장 분쟁이 많은 사안이다.

"저는 이국 여사님을 뵙고 세 번을 놀랐습니다. 먼저 그 당당한 풍모에 놀랐고 그다음에 이국 여사님의 그 해박한 지식과 총기에 놀랐습니다. 마지막으로 이국 여사님이 엄청난 부자였다는 사실에 놀랐습니다."

"……?"

김완 등이 어리둥절한 표정을 지었다.

가족들이었기에 이국 여사가 가진 재산이 이느 정도인지 익히 알고 있었기 때문이다.

공주에 있는 아흔아홉 칸짜리 고택과 밤나무 산이 전부였다.

군이 덧붙이자면 대나무 숲 정도였다.

그걸 엄청난 재산이라고 할 수 있나?

혹시 큰할머니가 나 모르게 어디 가서 고스톱을 쳐서 왕창 딴 뒤 꼬불쳐 뒀나?

김선우는 이렇게 생각했다.

"물론 김완 회장님의 재산에 비하면 약소하지만, 그래도 범인의 기준으로는 막대한 재산입니다. 한화로 1조 2천억 원이 넘으니까요!"

"1조 2천억 원!?"

한화 1조 2천억 원.

미화로 치면 10억 달러가 넘는 엄청난 돈이었다.

이국 여사는 공주 고택 외에 삼성전자 현대중공업 한국 중공업 신우칼텍 등 대한민국에서 손꼽는 메이저 회사들의 주식을 보유한 주식 부자였다.

그 막대한 주식들을 모두 김완에게 남겼다.

"끝으로 이국 여사께서는 그동안 국가 유공자 가족으로 받은 연금이나 기타 위로금까지 국가에서 나오는 모든 돈을 한 푼도 쓰지 않고 대한민국 정부에 반납하셨습니다."

박종호 변호사가 김완을 보며 빙그레 웃었다.

"돌아가신 선대들께서 개인의 영달을 위해 하신 일이 아니기에 받을 이유가 없다고 말씀하시더군요. 정말 존경할 만한 분입니다."

박종호 변호사는 약간 착각하고 있었다.

이국 여사가 대한민국 정부에 국가 유공자 가족으로 받은 연금등을 반납한 것은 그런 이유가 아니었다.

이국 여사는 자신은 조선왕조의 백성이지 대한민국의 백성이라고 생각하지 않았기 때문이었다.

조선왕조와 대한민국은 같은 뿌리였지만 많이 다른 나라였다.

이국 여사의 생각이었다.

이국 유산의 유산상속이 법적으로 매듭이 지어지면서 곧바로 또 하나의 매듭이 지어지고 있었다.

*　　　*　　　*

휘리리링!

태극 마크가 새겨진 방패연 하나가 허공 위를 날고 있었다.

툭! 연실이 끊어졌다.

허공을 날던 방패연이 어디론가 사라졌다.

이번엔 긴 꼬리가 날린 가오리연이 떠올랐다.

김완이 한 손에 연실이 감긴 얼레를 든 채 연을 날리고 있었다.

어릴 때 연을 날리던 그 산정이었다.

툭! 다시 연실이 끊어졌다.

아니, 끊어진 것이 아니라 김완이 일부러 연실을 끊었다.

꼬리가 달린 가오리연이 하염없이 허공을 날아갔다.

착각이었나?

가오리연이 언뜻 생전의 이국 여사의 얼굴처럼 보였다.

"잘 가, 이국 여사… 이제 할머니를 정말 보내줄게!"

툭툭툭! 김완의 눈에서 눈물이 떨어졌다.

"그래! 이국 여사의 말대로 나 한세상 편하게 살아갈게."

"이국 여사도 내 걱정하지 말고 그렇게 사모하던 부처님하고 잘 살아."

김완이 다시 연 하나를 실에 묶었다.

이번에 용을 닮은 연이었다.

이국 여사와 김완이 무려 사흘에 걸쳐 완성한 걸작이었다.

툭! 또다시 연실이 끊어지고 사흘에 걸쳐 만든 용을 닮은 연이 허공 저편으로 사라져 갔다.

"잘 가— 이국 여사!"

"할머니도 나 꼭 기억해!"

"다음 생에는 내가 할머니로 태어날게! 할머니는 완이로 태어나! 꼭 약속해!"

김완이 연이 매달린 얼레를 든 채 산정을 뛰어가며 외쳤다.

이국 여사의 죽음은 김완에는 엄마 아빠를 잃었을 때 보다 더 큰 충격이었다.

부모를 잃었을 때는 죽음이란 개념이 크게 와 닿지 않았던 시절이었다.

하지만 지금은 아니었다.

천붕지탄! 그야말로 하늘이 무너진 슬픔을 느꼈다.

방패연, 가오리연, 용연 등등 모두 큰할머니가 만들어준 연이었다.

사랑채에 잘 보관돼 있었던 김완의 장난감.

이제 그 연을 띄워 보내면서 큰할머니도 같이 보냈다.

이국 여사가 운명을 달리한 지 보름이 지난 오늘에서야 김완은 이국 여사를 보낼 수 있었다.

"이국 여사! 잘 가! 다음에 만나서 고스톱 한번 치자구!"

김완이 손나팔을 만들어 허공을 향해 소리쳤다.

"오빠… 정은이 엄마 아빠가 돌아가셨대!"

그때 뒤에서 침중한 음성이 들렸다.

송정은의 엄마 아빠, 송병시 부부였다.

"뭐라구?!"

김완이 눈이 커지면 뒤를 돌아봤다.

경찰대학 정복을 걸친 김완의 동생 김선우였다.

"어제 밤에… 경부고속도로에서 덤프트럭이 미끄러지며 중앙선을 침범해서……."

"저, 정은이는 어디 있어?"

"대구경찰서로 갔어. 오빠랑 통화가 안 된다구 막 울면서……."

"……!"

십 초나 됐을까?

김완이 아주 잠깐 동안 당황했다.

이내 특유의 침착성을 되찾았다.

"정은이 바꿔봐!"

김완이 눈을 빛내며 입을 열었다.

김선우가 휴대폰을 건네줬다.

"그래! 지금부터 내 말을 잘 들어. 울지 말고!"

김완이 송정은과 통화를 끝내고 뭔가를 골똘히 생각했다.

뒤이어 신중하게 휴대폰을 두드려 네 통의 전화를 연달아 했다.

통화를 한 사람의 신분은 변호사 검사 경찰 보험회사 전무였다.

"내려가자, 선우야!"

"응, 오빠!"

김완이 묵직한 음성으로 말하자 김선우가 잽싸게 손을 잡으며 대답했다.

김완과 김선우 남매는 전생의 부부였다는 비웃음을 살 만큼 우애가 깊었다.

"걱정하지 마. 내가 알아서 처리할게."

"응응! 정은이한테 전화 한 번 더 해줘."

김완이 고개를 주억거리며 다시 송정은과 통화를 했고 천천히 산을 내려갔다.

이국 여사가 풀어 놓았던 매듭이 확실하게 지어졌다.

∗   ∗   ∗

전투기들이 눈으로 보며 싸우던 개싸움 시대는 이미 오래전에 지나갔다.

현대 공중전은 90% 이상이 시계 밖에서 벌어진다.

덕분에 전투기들은 미사일을 발사하기 위한 플랫폼이 됐다.

적 레이더에 잡히지 않은 채 좀 더 먼 기리에서 좀 더 빨리 적을 발견해 미사일을 발사하고 튀는 것이 바로 현대 공중전이다.

지금 막 일본 아오모리 현 미사와 미군 공군기지에서 그 현대 공중전의 총아가 착륙하고 있었다.

일본 항공자위대의 차세대 전투기로 선정된 미제 F35A였다.

적 레이더 잡히지 않는다는 스텔스 기술을 장착한 미국 록히드 마틴사에서 개발한 5세대 스텔스 전투기!

헌데, F35A 전투기에서 내려 헬멧을 벗은 조종사는 금발의 남자가 아니었다.

머리가 하얗게 노신사 유명한 일본의 무기상인인 기무라 슈운로꾸였다.

F35A 전투기 도입에 깊숙이 개입한 기무라가 직접 탑승해 조종을 하면서 그 성능을 시험해 보고 내리는 중이었다.

전직 일본군 장군출신으로 무섭도록 철저한 사람이었다.

"깨끗하게 처리했습니다, 각하!"

잘 재단된 양복을 걸친 중년 신사, 일본 육상자위대 북부방면 사령관인 혼다 유스케 육장이 헬멧을 받아 들었다.

얼마 전에 김완의 사제들에게 인간 택배를 받은 그 사내였다.

"잘했다. 경망스러운 녀석들이었지만 그래도 오랫동안 고생 했다. 유족들에게 적절한 보상을 해주거라."

"예, 각하."

기무라와 혼다가 넓은 활주로를 천천히 걸어갔다.

"아무리 생각해도 허무하구나. 겨우 여왕벌이 가진 돈이 10억 불이었다니… 그 정도 푼돈이었다면 애시 당초 내가 이 일에 매달릴 필요조차 없었거늘……."

"조선은 부패가 만연했던 국가였습니다. 황실에 유산이 남아 있었다면 얼마나 남아 있었겠습니까?"

"……."

"너무 늦게 추적한 것이 결정적인 실수였습니다."

"오냐! 그 여왕벌이 십여 년 동안이나 도쿄에 머물면서 천황폐하와도 교분이 있던 위인인데 조선황실의 비자금을 숨기려면 얼마든지 숨겼겠지. 만에 하나를 기대하면서 수십 년을 감시했거늘… 죽을 때까지 실수가 없구먼!"

"면목 없습니다, 각하."

"됐다! 여왕벌이 그토록 사랑하던 애벌레에게도 한마디 유언조차 남기지 않았다면 둘 중 하나 아니겠느냐? 애벌레에게 완벽하게 상속을 했거나 정말 조선 황실의 비자금이 10억 불밖에 없었거나."

"각하! 백 년 전에 미화 10억 불은 결코 적은 액수가 아닙니다. 게다가 애벌레에게 상속한 땅이 공주시의 한 개 면 단위가 넘습니다."

"흐음, 오냐! 이쯤에서 이번 일은 마무리하자꾸나. 보물을 찾다 보면 때로는 빈 깡통만 발견할 때도 있는 법이지!"

"옛! 각하."

혼다 유스케가 양복을 걸쳤음에도 불구하고 거수경례를 했다.

"그동안 수고했다. 우리 혼다 유스케 대일본제국 육군 막료장!"

일본 육상 자위대 막료장.

우리나라의 육군참모총장이다. 별 넷 사성장군!

"제가 진급했습니까, 각하?"

"녀석! 너와 미나미가 아니면 대일본제군의 군대를 누가 이끌겠느냐? 고생 많았다. 앞으로 더욱더 대일본제국을 위해 충성하거라."

"함, 고맙습니다, 각하!"

시베리아 형무소에서 기무라 남작에게 바퀴벌레 먹는 법을 배운 혼다 유스케가 결국 일본 육군의 최고 책임자가 됐다.

"근데… 이 알 수 없는 쓸쓸함은 뭔가?"

기무라 남작이 한참 동안 씩씩하게 걸어가는 혼다 막료장의 뒷모습을 지켜봤다.

그리고 미사와 공군기지의 회색빛 겨울 하늘을 물끄러미

처다봤다.

"여왕벌이 갔으니 다음 차례는 난 가? 그렇게 우리 세대는 사라지고 세상은 또 아무 일 없이 돌아가겠지. 저 비행기처럼!"

구구구궁!

넓은 활주로에 또다시 F35A 전투기 한 대가 착륙하고 있었다.

＊　　　＊　　　＊

늘 근본이 없는 년이라고 핍박했습니다.

집을 나가라고 소리 질렀습니다.

왜 그러셨나요?

제가 고아가 되고 싶어서 된 것도 아닌데…….

제가 근본이 없는 년이 되고 싶었던 것도 아닌데…….

제가 두 분 딸이 되고 싶었던 것은 더더욱 아닌데…….

두 분께 엄마 아빠라고 부를 때마다 망설였습니다.

두 분과 함께 살면서 단 한 번도 행복했던 기억이 없습니다.

그래서일까요?

두 분이 돌아가셨는데도 눈물조차 나오지 않습니다.

두 분과 처음이자 마지막으로 긴 대화를 나눴습니다.

저를 그동안 키워 주셨습니다.

영원히 잊지 않겠습니다.

더불어 제 뇌리에서 두 분에 관한 기억들을 깨끗이 지우겠습니다.

부디 다음 생에는 두 분을 만나지 않았으면 합니다.

두 분이 가시는 곳은 아주 먼 곳이라고 들었습니다.

겨울이라서 많이 춥겠죠.

안녕히 가세요.

깨끗하게 손질되어 있는 공군사관학교 정복을 걸친 송정은이 무표정한 얼굴로 송병시 부부의 영정이 놓여 있는 제단 앞에 조용히 서 있었다.

군인과 경찰은 상복을 정복으로 대신한다.

송정은은 공사생도였지만 군법 적용을 받는 준군인 신분이었기에 공사 정복을 상복 대신 입고 있었다.

…….

어제, 국립대구병원 영안실에 안치돼 있던 송병시 부부의 시신이 공주종합병원 장례식장으로 옮겨지면서 특1호실에 빈소가 차려졌다.

문상객은 그리 많지 않았다.

송병시 부부가 일본 오사카에서 살던 재일교포로서 우리

나라에 귀화를 했기에 친인척이 없었기 때문이다.

친척이라고 해봐야 윤정 선생이 전부였는데 윤정 선생도 사돈팔촌쯤 되는 사이였다.

게다가 슬하에 자식이 없어서 상제도 달랑 송정은 하나뿐이었다.

장남인 송일섭은 무슨 이유에서인지 장례식장에 나타나지 않았다.

문상객도 많지 않았고 상제도 단 한 명뿐이었지만 빈소가 그리 쓸쓸하지는 않았다.

'공군사관학교장', '㈜SK1 회장 김완', '순돌이네' 등이 보낸 큼직한 근조화환들이 제단을 장식하고 있었고 송정은의 초, 중, 고등학교 친구들이 빈소를 지켰다.

골프 황제 김완이 장례식을 관장했고!

검은 양복 차림의 김완이 손목시계를 쳐다봤다.

정확히 밤 11시 25분이었다.

"오실 분들은 다 오신 것 같다. 그만 부의록(賻儀錄) 마감해라, 지호야."

"응, 오빠!"

김완이 검은 원피스를 걸친 채 침중한 얼굴로 호상소 앞에 앉아 있는 홍지호에게 나직하게 얘기했다.

부의록이란 상가에 들어온 물품이나 금전 등 부의를 기록

한 장부를 말한다.

"선우는 사무실에서 가서 계산 끝내고 와!"

"알았어."

홍지호 옆에 앉아 있던 경찰대학 정복을 걸친 김선우가 몸을 일으켰다.

바로 그때였다.

검은 양복을 걸친 깡마른 이십대 남자가 급히 빈소로 들어왔다.

말끔한 외모로 미루어 공무원 같은 공직에 있는 남자 같았다.

송병시 부부가 입양한 아들, 마산에 살고 있는 것으로 알려진 송정은의 오빠 송일섭이었다.

"어, 일섭아?"

"오랜만이다, 완이야!"

김완과 송일섭이 반갑게 악수를 했다.

송일섭은 김완이 공주에서 사귄 유일한 친구였다.

"오… 빠!"

뒤이어 송일섭이 송정은에게 가볍게 목례를 하고 제단 앞으로 다가갔다.

송병시 부부의 영정을 한참 동안 쳐다봤다.

그것으로 그만이었다.

실수인지 고의인지 모르지만 송일섭은 양부모인 송병시 부부의 제단에 절을 하지 않았다.

눈물을 흘리거나 헌화를 하거나 분향도 하지도 않았다.

잠시 후 송일섭이 몸을 돌려 송정은에게 절을 했고 송정은이 당황하며 맞절을 했다.

"멋있네. 공군사관생도… 역시 똑똑해."

"……."

또 송일섭은 상주인 송정은에게 양부모의 동정이나 사인도 묻지 않았다.

그저 공사 제복을 걸친 송정은의 외모를 칭찬했다.

이렇게 송병시 부부에게 입양이 된 남매가 무려 헤어진 지 십삼 년 만에 만났다.

양부모의 시체가 안치된 빈소에서!

너무 오랜만에 만나서 할 말이 없었을까?

남매의 대화는 그리 길지 않았다.

"훗! 저 사람들은 하루가 멀다고 부부싸움을 했지. 그 불똥이 나한테 튀었고. 지긋지긋하게 구박을 받았고 엄청 두드려 맞았어. 견디다 못해 가출을 했고!"

"……."

이번에는 송일섭이 잇새로 양부모인 송병시 부부를 저 사람들이라고 칭했다.

말 한마디 한마디에 분노가 서려 있었다.

송일섭이 뱉은 짧은 사연은 송정은이 겪은 일과 비슷했다.

"어찌어찌 친부모님을 찾았고 덕분에 대학까지 졸업했어. 부산세관에서 일해."

송일섭이 바쁜 듯 반쯤 몸을 일으키며 자신의 근황을 얘기했다.

송정은은 까맣게 몰랐던 소식이었다.

그저 송일섭이 마산에서 살고 원양어선을 타는 선원으로 알고 있었다.

그래서 송병시 부부가 마산으로 내려가다가 변을 당한 것 아니던가?

"장례비에 보태 써! 미안하다. 취업한 지 얼마 안 되서 몇 푼 못 넣었어."

하얀 봉투를 송정은에게 건넸다.

"난 지금 방현일이란 이름으로 살고 있어. 공주 남계리의 송일섭이란 사람은 이 세상에 없어……."

송일섭이 말꼬리를 흐렸지만 머리 좋은 송정은이 금방 알아들었다.

송일섭은 송병시 부부에게 입양되었던 과거를 지우고자 했다.

"신경 쓰지 마. 나두 송일섭이란 사람을 오래전에 잊어버렸어. 방현일이라는 사람은 오늘 처음 만났구!"

"고맙다, 갈게!"

송정은이 희미한 미소를 머금으며 말을 받았고 송일섭이 자리에서 일어났다.

"오늘 처음 만난 사람한테 무슨 부의금을 받아?"

다시 송정은이 송일섭이 줬던 봉투를 송일섭에게 내밀었다.

"……."

송일섭이 송정은을 힐끗 보고 주저없이 봉투를 쑤셔 넣으며 빈소를 빠져나갔다.

김완이 따라나섰다.

송병시에게 입양되어 호적상 남매였던 두 사람.

두 사람의 인연은 여기서 끝났다.

더불어 송병시 부부의 가족은 그렇게 간단히 해체됐다.

"괜찮아?"

"전혀!"

김선우와 홍지호가 걱정스러운 표정으로 송정은에게 다가가자 송정은이 어깨를 으쓱했다.

"방현일이라는 사람… 괜찮네. 나 같으면 절대 안 왔을 텐데……."

"……!"

송정은이 그 옛날 트라우마가 떠오르는 듯 전신을 가늘게 떨었다.

공주 천율리 남계리 같은 시골 마을은 옆집 숟가락 숫자까지 안다.

당연히 동네사람들이나 친구들은 송정은 남매가 고아로 송병시 부부에게 입양되었다는 사실을 알고 있었다.

송병시의 무식한 술버릇과 송병시 부부가 남매를 학대한 사실도!

그래서 송정은은 친구네 집인 오 할머니 댁에 살다시피 했고 김완 남매와 가까워졌던 것이다.

이 와중에 공군사관학교에 진학했다는 것은 송정은이 얼마나 똑똑한 여자인지 확실하게 가르쳐 주는 반증이었다.

요즘도 송정은은 휴가나 외박을 나오면 송병시 부부에게 간단히 인사를 하고 오 할머니 댁에 머물다가 귀교를 하곤 했다.

하지만, 송정은도 김완도 동네 사람들도 몰랐다.

송병시가 미친놈 소리를 들을 만큼 주사를 부리고 포악을 저지른 것이 모두 자신의 정체를 숨기기 위한 고도의 술책이었다는 사실.

이 숨겨진 사실을 아는 사람은 아무도 없었다.

"완이 형이 가방 가져오래? 정은아!"

"오빠 가방?"

'순돌이네' 식구인 김기동이 제단 쪽으로 다가오며 말하자 송정은이 상념에서 깨어나 얼른 가방을 찾아 들었다.

그리고 아무 일도 없었다는 듯 상황극을 하는 연극배우처럼 얼굴에 가벼운 홍조까지 띠며 총총히 달려갔다.

"......?"

김선우와 홍지호가 눈을 껌벅거리며 마주봤다.

어쩌면 정은이에게 우리 오빠는 남자나 오빠가 아닌 아빠였는지도 몰라. 나처럼!

완이 오빠랑 진짜진짜 잘됐으면 좋겠다.

두 사람의 눈은 이렇게 말했다.

그랬다.

이제 완벽하게 사고무친이 된 송정은에게 의지할 사람은 김완밖에 없었다.

"고맙다. 요 며칠 고생들 많았지? 우리 집으로 정은이 집으로 참......"

김완이 공주종합병원 장례식장에 딸려 있는 접객실에서 이십여 명의 젊은 남녀와 마주 앉아 무겁게 입을 열었다.

송정은이 부모상을 당하자 한달음에 달려와 준 친구들이었다.

"나도 줄초상을 치러보긴 난생처음이라 정신이 없네."

"……."

"오전 7시에 발인을 하고 화장터 들러서 공원묘역으로 갈 거야. 이제 정은이와 선우만 있어도 돼. 바쁜 사람은 가. 시간 있는 사람은 같이 있다가 유성 나가서 저녁 먹고 헤어지자!"

김완이 잔잔한 미소를 띤 채 특유의 부드러운 목소리로 일정을 얘기했다.

"기동아! 친구들이 모두 몇 명이냐? 우리 집에 왔던 애들까지 몽땅!"

"그, 글쎄요? 난 고등학교 친구들밖에 몰라요. 선우나 정은이를 고등학교 때 알았거든요."

옆에 앉아 있던 김기동이 머리를 긁었다.

"그래? 어떻게 한다… 아, 그럼 되겠구나. 딸끈아!"

김완이 건너편에 앉아 있던 뿔테 안경을 쓴 통통한 이십대 아가씨를 불렀다.

"이씨― 오빠? 딸끈이가 뭐야 숙녀한테? 말숙이라는 좋은 이름을 두고!"

"말숙이나 딸끈이나!"

"큭큭큭, 히히히!"

딸끈이가 발끈하자 모여 있던 친구들이 키득댔다.

더불어 침울했던 장례식장 분위기가 조금은 밝아졌다.

"미안미안! 버릇이 돼서 그래."

김완이 웃으면서 재빨리 사과를 했다.

한 세대 전만 해도 우리나라에는 남아선호 사상이 팽배해 있었기에 딸을 그만 낳으라는 딸끈이 같은 이름들이 많았다.

또 말숙이라는 이름도 비슷한 의미였고!

"오늘까지 네 친구들 몇 명이나 다녀갔냐?"

"몇 명이구 말고도 없어. 천율초등하교 동기가 정은이 선우 깡순이까지 몽땅 다섯 명이거든. 한 놈은 군대 가고 그리고 나 끝."

"그래? 이거 받아. 삼백이다."

"……!"

김완이 가방에서 백만 원짜리 수표 석장을 꺼내 딸끈이에게 밀어줬다.

"깡순이하고 둘이 백만 원씩 가져. 나머지는 친구들 모임 때 식사비하구!"

"와, 와니 오빠?!"

"니들 양가 초상집 쫓아다니느라고 일주일씩이나 허비 했잖아? 최하시급으로 따져도 일주일이며 얼마냐? 부담 갖지 말고 받아. 돌아가신 우리 큰할머니와 정은이 부모님이 너희들에게 주는 용돈이야."

김완이 이국 여사와 송병시 부부를 대신해 장례식에 참석해 일을 도와준 송정은의 친구들에게 용돈을 줬다.

장례식이 끝나면 고생한 사람들에게 인사를 하는 것은 우리네 전통이다.

"다음은 기동아! 니네 '순돌이네' 식구들은 몇 명이냐?"

"열 명 열외 한 명 없이 참석했습니다. 승아는 아까 화랑대로 돌아갔고 세호 놈은 부대에서 받은 포상 휴가를 영안실에서 보냈습죠!"

"하하, 그래? 세호야!"

"예! 형님."

김완이 저편을 보며 부르자 머리가 짧고 뿔테 안경을 쓴 청년이 뛰어 왔다.

"어떡하냐? 금쪽같은 포상휴가를 초상집에서 다 날렸네!"

"괜찮아요. 오늘부터 놀면 되죠 뭐!"

"이거 휴가비에 보태 써!"

"어후후― 완이 형님?!"

김완이 백만 원짜리 석장을 황세호에게 건네자 황세호가 화들짝 놀라며 손을 들었다.

"그리고 기동아! 이천이다. 각자 수고비 백만 원씩 나눠주고 나머지는 '순돌이네' 회식비용으로 써라"

"고맙습니다, 잘 쓰겠습니다!"

김완이 다시 백만 원권 수표를 세서 김기동에게 건넸고 김기동과 황세호가 깊숙이 고개를 숙이며 인사를 했다.

"그동안 고생들 많았다. 원래 초상집에서는 화투도 치고 윷놀이도 하면서 상주와 위로를 하며 밤을 새우는 거래. 지금부터 술도 한잔씩하고 니들 좋아하는 고스톱이나 포카도 쳐. 대신 잃었다고 형한테 돈 꿔달라고 쫓아오지 마. 이미 일당 모조리 지불했어.

"크큭큭, 흐흐흐"

"집에 갈 놈들은 빨리 가. 나나 정은이한테 인사할 것 없다. 다음에 다시 봐."

"정은이 하고… 나 좀 보자!"

김완이 송정은과 김선우 홍지호를 제단 옆에 딸려 있는 상제들이 쉬는 내실로 불러들였다.

"박 변호사 말씀을 들으니까 그 덤프트럭을 운용하는 회사가 꽤 크고 양심적인 회사라고 말씀하더구나. 두 분의 사망보상금으로 10억 선에서 마무리될 것 같다."

"……!"

"또 두 분이 오래전에 들어 놓은 생명보험이 있었어. 한 분은 7억, 한 분은 5억짜리 보험이었다. 뭐 수령인을 정은이로 정해 놓은 건 아니지만 이미 일섭이가 친부모에게 호적을 옮겨가서 유족은 정은이밖에 없어. 정은이 계좌로 입금될 거야."

김완이 이번에는 상주가 아니라 송정은의 대리인으로서 송병시 부부의 사후 문제를 처리했다.

많은 사람이 잊고 있지만 김완은 사법고시에 합격할 만큼 해박한 법률지식의 소유자였다.

"그리고 남계리에 있는 논과 밭은 알다시피 우리 큰할머니 땅이다. 주택은 병시 아저씨 이름으로 돼 있고! 이건 내가 적당한 가격을 지불하마."

김완이 간단명료하게 설명했고 송정은이 무관심하게 듣고 있었다.

"마지막으로 두 분이 남긴 현금이 5백만 원쯤 있는데 정은이가 직접 몇 가지 서류를 들고 은행에 가서 처리해야 돼."

"장례비용은?"

송정은이 김완의 얘기가 끝나자마자 장례비용을 걱정했다.

걱정할 만도 했다.

우리나라의 장례식장 사용료가 얼마나 비싼지 장례식을 치러본 사람들은 하나같이 학을 뗀다.

특급호텔 스위트룸의 일일 객실료보다 서울 유명종합병원 장례식장의 빈소 하루 사용료가 훨씬 비쌌다.

공주종합병원 장례식장 또한 그 비용이 결코 싸지 않았다.

"대구와 공주 등에서 들어간 모든 비용은 내가 처리하마.

정은이에게 주는 부의금이다."

주르륵! 지금까지 한 방울로 흘리지 않았던 송정은의 눈에서 눈물이 쏟아졌다.

그리고 쓰러질듯 김완의 품에 안겼다.

"흑흑흑……."

김선우와 홍지호가 송정은의 울음을 뒤로하고 조용히 내실을 나갔다.

"자식! 부의는 품앗이야. 훗날 모조리 값아."

"응응! 값을게. 값을게. 근데, 근데 오빠가… 내게 해준 만큼 값을지는 자신이 없어."

"자식, 농담이야."

"…지금 여기서 오빠한테 안아달라고 하면… 난 짐승만도 못한 여자가 되겠지?"

"녀석! 식욕과 성욕은 본능이라서 시도 때도 없단다."

"그럼 안아줘!"

송정은이 마약을 먹은듯한 눈빛으로 김완에게 보챘다.

"바보! 알다시피 난 시간과 장소를 불문하고 여자를 밝히는 짐승이다. 하지만 개가 문다고 같이 물수는 없어."

"……!"

김완이 미소를 지으며 의미심장한 말을 하자 송정은이 피뜩 정신을 차렸다.

송병시 부부가 짐승이었다고 해도 자신들은 인간의 도리를 지키자는 말이었다.

송정은은 진땡이 김완교 광신도였다.

그 광신도가 자신이 큰일 당했을 때 침착하게 처리해 주는 교주를 보면서 뭐라고 형용할 수 없을 만큼 매력을 느꼈다.

아주 강력한 성욕과 함께!

김완은 그런 수컷이었다.

                    *   *   *

"하하하하!"

김완이 벽장 앞에서 서서 한참 동안 웃었다.

이국 여사가 생전에 거처하던 안방 벽장이었다.

벽장에는 김완의 갓난쟁이 시절 찍은 사진부터 시작해서 얼마전에 우승한 골프 왕중왕전 우승할 때 촬영했던 사진까지.

수백 권의 앨범에 나뉘어 깨끗하게 스크랩되어 있었다.

이국 여사가 수십 년 동안 하루도 쉬지 않고 해온 일이었다.

김완이 앨범들을 하나하나 꺼냈다.

그리고 문득 벽장 구석에 걸려 있는 주머니 하나를 펼쳤다.

김완이 고개를 절레절레 저었다.

"참! 이국 여사 정말 대단해. 이 퍼즐 조각을 아직도 보관하고 계셨어?"

"녀석이 세 살 때 단 시간에 세계전도의 퍼즐을 맞추는 것을 보고 천재라고 생각했소이다."

이국 여사가 입이 닳을 만큼 자주 사용했던 어휘!

그렇게 자주 얘기했던 그 퍼즐.

만 개의 조각으로 이루어진 화려한 세계전도가 그려진 퍼즐이었다.

두르르륵!

김완이 자루에서 퍼즐 조각들을 방바닥에 쏟았다.

"이 만 조각의 퍼즐을 맞추는데 어릴 때는 몇 시간 안 걸렸다는데 지금은 얼마나 걸릴까?"

김완이 슬쩍 시계를 쳐다봤다.

그리고 방바닥에 쏟아진 퍼즐 조각을 빠르게 맞춰갔다.

"후우! 끝났다."

김완이 파리의 아프리가 남단의 희망봉 조각을 끝으로 퍼즐을 완벽하게 맞췄다.

세 시간 사십 분!

최악의 기록이었다.

"쯧쯧! 골프만 치더니 이제 머리도 골프공처럼 딱딱해지는 모양이구만."

쫘르륵!

김완이 방바닥에 널려 있던 퍼즐 조각을 밀었다.

"……!"

찰라, 김완이 눈을 빛냈다.

그리고 재빨리 퍼즐 조각 하나를 집어갔다.

"뉴욕 체이스 맨하튼 은행."

김완이 퍼즐조각에 그려진 은행을 보면서 조각을 뒤집었다.

"1347829……? 이건 퍼즐 순서를 새겨 놓은 숫자가 아닌데?"

김완이 다시 퍼즐 조각 하나를 집어 들었다.

영국 런던에 있는 로이드 뱅크였다.

"5783920! 이것도 퍼즐 순서를 적은 숫자가 아니다."

김완이 어떤 생각이 떠오른 듯 계속해서 퍼즐 조각을 집어 들었다.

하나같이 세계 각국에 있는 은행들이 그려져 있는 조각이었다. 뒤에는 의미를 알 수 없는 숫자들이 적혀 있었고!

곧 바로 김완은 옛날 얘기를 떠올렸다.

어느 가을날 보름달이 환하게 뜬 밤…….

반포면사무소에서 이국 여사를 업고 천율리 집까지 올 때 이국 여사가 김완에게 해줬던 그 옛날이야기.

조선왕조의 비자금에 관한 얘기였다.

김완이 재빨리 퍼즐 조각들을 챙기고 휴대폰을 든 채 밖으로 나갔다.

"확인했어? 엄청난 금액이다."

김완이 휴대폰을 든 채 대나무 숲을 걸어가며 통화를 했다.

영국 런던에 있는 한희라였다.

"그래! 오늘 저녁에 런던으로 갈게. 나 두 사랑해 임마!"

띵똥띵똥!

김완이 휴대폰을 끊자마자 전화가 왔다.

신채린이 걸어온 전화였다.

"뉴욕 체이스 맨하튼 은행… 틀림없어?"

쪽!

김완이 휴대폰에 키스를 하면 휴대폰을 끊었다.

띵똥띵똥!

다시 전화가 왔다.

상하이에서 무지민이 걸어온 전화였다.

조선왕조의 역대 왕들에게 내려온 통치자금.

기무라 슈운로꾸 남작이 그토록 찾아 헤매던 보물.

그 황금은 결국 김완의 손에 들어왔다.

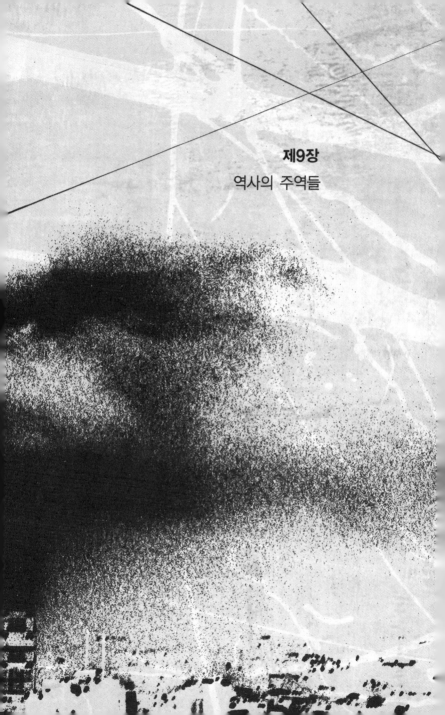

제9장

역사의 주역들

뺨·뺨·뺨!

띵띵띵!

"하늘나라 소녀 하늘나라 소녀—"

"오! 솔레미오……."

조금은 좁고 조금은 낮은 듯 한 무대 위에서 칠팔 명의 남
녀 대학생이 열심히 노래 연습을 하고 있었다.

피아노나 기타를 지면서 노래를 부르는 남학생.

헤드폰을 끼고 무대를 서성이며 목을 풀고 있는 남학생.

MP3를 목에 걸고 이어폰을 낀 채 무대를 서성거리며 흥얼

거리는 여학생 등등.

아주 다양한 모습을 연출했다.

공통점이라면 가슴에 높은음자리표가 새겨진 서울대학교 밴드음악 패거리, '서울패'의 단체복인 점퍼를 걸치고 있다는 것이었다.

촤르르르…….

조명을 환하게 밝힌 ENG카메라 한 대가 무대 위부터 천천히 실내를 훑었다.

작은 소극장 같은 실내였다.

서울대학교 학생회관 지하2층에 위치한 '서울패' 방이었다.

반짝!

ENG카메라에 빨강 불이 들어왔다.

"시작하세요."

카메라맨이 멘트를 했다.

"네, 안녕하세요. 'DBS 연예가 산책'의 서영하입니다. 지금 제가 나와 있는 곳은 약간 기가 죽는 장소입니다. 바로 그 유명한 서울대학교… 학생회관에 있는 밴드 음악 동아리인 '서울패' 방입니다.

이십대 여성 리포터인 서영하가 마이크를 든 채 예쁜 미소를 날리며 멘트를 시작했다.

"그럼 지금부터 제가 만나볼 스타를 소개하겠습니다. 작년 초에 우리 DBS에서 방영을 해 대한민국 팬들을 울리고 웃겼던 가요 오디션 프로그램 '백만 달러의 주인공'에서 우승을 하신 분. 그야말로 혜성처럼 등장해 단 일 년 만에 월드스타 반열에 오른 가수. 대한민국 예술계의 새로운 블루칩으로 떠오른 슈퍼스타!"

서영하가 자신이 아는 미사여구를 총동원했다.

"JK 신화 씨입니다―"

"반갑습니다. JK 신화입니다."

서영하의 장황한 소개가 민망스러울 만큼 JK 신화가 아주 짧게 대답했다.

"호호호, 네네! 개인적으로 제가 JK 신화씨의 광팬이랍니다."

"고맙습니다."

서영하가 다시 호들갑을 떨었고 JK 신화가 원래 성격이 그런 듯 또다시 초간단하게 대답했다.

JK 신화.

미국의 유명한 여배우 데비무어를 닮았다고 해서 떼비로 불리던 그 소녀.

면도날을 마음대로 날리는 깡패.

생얼임에도 불구하고 짙은 화장을 한 것처럼 보이는 매력적인 여자.

순수 한국 토종임에도 이목구비가 너무 또렷해 마치 미국인과 한국인의 혼혈아 같은 아가씨.

정중환의 배다른 동생 정신화였다.

"자, 먼저 우리 'DBS 연예가 산책' 팬들에게 인사 좀 해주시죠? 신화 씨!"

"요즘 너무 자주 뵙는 것 같아서 죄송해요. 가수 JK 신화예요. 'DBS 연예가 산책' 팬 여러분 진심으로 사랑합니다."

"나두 사랑해, 신화야!"

"울 신화 이쁘다—"

"야, 왜 네 신화야? 내 신화지, 시키야!"

"하하하, 깔깔깔!"

이번에는 JK 신화, 정신화가 단답형이 아닌 서술형으로 멘트를 하자 뒤에서 학생들이 고함을 치며 소란을 떨었다.

"호호호! 신화 씨 친구 분들인가 보네요?"

"네에… 친구들도 있구, 선배님들도 계시구……."

서영하가 빽빽이 에워싼 채 인터뷰 장면을 구경하는 대학생들을 돌아보며 웃었고 정신화가 민망한 듯 입술을 내밀었다.

"와우, 지린다, 지려 저 리액션!"

"오늘따라 겁나 예뻐 부러요, 울 신화잉!"

다시 학생들이 너스레를 떨었다.

"신화 씨는 공부도 잘하셨나 봐요? 현재 서울대학교 재학생이시잖아요?"

"…뭐 잘했다기보다 몇 년 열심히 했어요."

"이런 말은 좀 뭐하지만 사실 팬들이 신화 씨에게 열광하는 이유 중에 하나가 서울대학교 학생이라는 거!"

"네, 알고 있어요. 그래서 우리 학교에 누를 끼치지 않으려고 나름 노력해요."

JK 신화라는 예명으로 가수로 데뷔를 해 바야흐로 욱일승천의 기세로 우리나라 가요계를 정복하고 있는 정신화.

몇 년 전 면도칼을 휘두르던 때비가 아니었다.

말투 하나하나가 지적이었고 눈빛이나 표정이 아주 부드러웠다.

탈태환골!

딱 그 표현이 정확했다.

"그래요 제가 어느 잡지에서 읽은 것 같은데 신화 씨가 서울대에 들어오게 된 특별한 동기가 있다고 하셨어요?"

"네에, 오래전에 서울패 33기 선배님들이 우리 학교 대운동장에서 레전드 공연을 했던 적이 있었어요."

"네네, 기억합니다. 백만 명인가 이백만 명인가 모였다는 그 전무후무한 명공연."

"전 그때 바로 이 장소에서 선배님들이 연습을 하는 것을 보고 꼭 같이 무대에서 보고 싶었어요. 그러려면 어쩔 수 없이 먼저 서울대학교에 입학해야 되니까… 미친 듯이 공부했죠. 다행히 합격했고 이렇게 '서울패' 회원이 됐습니다."

"참 서울패 33기가 여러 가지 전설을 남겼군요."

그때 이십대 여성이 '회장 인터뷰'라는 글씨가 적힌 보드판을 치켜들었다.

"그럼 여기서 잠깐 우리 신화 씨의 꿈이었다는 '서울패' 그 유명한 동아리의 회장님을 모시겠습니다."

휙휙휙!

삑삑삑!

"잘생겼다, 잘생겼어!"

"우리 회장 남성준 멋있다."

지켜보던 학생들이 휘파람을 불며 환호성을 터뜨렸다.

서울대학교 밴드음악 패거리, '서울패' 회장인 남성준이 손으로 귀엽게 V자를 그렸다.

그때, 인터뷰를 지켜보던 '서울패' 전전대 회장인 김민우가 총무인 손재연에게 턱짓을 하며 몸을 돌렸다.

손재연이 김민우와 함께 재빨리 동아리 방을 나갔다.

"오늘 초빙한 선배님들 명단 좀 줘봐!"

"여기 선배님!"

김민우가 복도 한편에 서서 딱딱하게 얘기했다.

손재연이 잽싸게 들고 있던 가방 속에서 A4용지 한 장을 꺼내 건넸다.

'서울패' 전전대 회장이며 '좆만이' 이란 별명으로 불리던 김민우는 현재 대학원을 졸업하고 모교에 남아 조교생활을 하면서 시간강사를 뛰고 있었다.

공경택 선배님(DBS 예능본부 제작1국장)

김 수 선배님(KBC 드라마 본부 제작2부장)

조정행 선배님(MBS 예능국 편성국장)

신채린 선배님(SK1 사장)

한희라 선배님(영국왕실음대 교수)

김 완 선배님(SK1 회장)

허 철 선배님(금강대학교 음대 교수)

황연주 선배님(DBS 예능본부 제작1부장)

"이 선배님들 연락은 확실히 된 거지?"

"신, 신채린 선배님하고는 직접 통화를 못했어요. 여러 번 전화를 드렸는데……."

김민우가 A4용지를 든 채 질문을 했고 손재연이 뭔가 캥기는 듯 말을 더듬었다.

"그리고 왜 재훈이한테는 연락 안 했어?"

"그게… 재훈이 오빠는 서울지원 판사로 근무하니까 음악하고 상관없는 분야……."

"당장 전화해! 걔 아웃시키면 아주 피곤해져. 잔소리를 하는 게 아니라 니들 개고생할까 봐 말해주는 거야."

김민우가 손재연의 말을 끊으며 쏘아붙이고,

"완이 형이랑 채린이 누나한테 다시 한 번 문자 날려!"

그대로 몸을 돌렸다.

툭!

손재연의 입이 일 미터쯤 튀어나왔다.

어느 대학 동아리나 김민우 같은 시어머니 노릇을 하는 선배가 있다.

나이도 많고 학번도 한참 위고 학교 과 사무실이나 교학처 같은데서 일을 해서 무시하기도 더러운 선배.

*　　　*　　　*

쿡! 쿡쿡!

큼직한 손 하나가 신경질적으로 자판기에 동전을 밀어 넣었다.

"에이, 시바! 인터뷰를 하면서 쩽 했던 기분이 꽝 됐네."

‘서울패’ 회장인 남성준이 서울대학교 학생회관 입구에 놓여 있는 자판기에서 일회용 커피잔을 꺼냈다.

“진짜 민우 선배 이상해? 전전대 회장이면 회장이지 어떻게 하루 종일 쫓아다니며 잔소리를 해? 우리가 유치원생으로 보이나?”

“이해하자. 이 기회에 잘나가는 선배들한테 눈도장 좀 받으려는 거야 흐흐!”

“뭐 그거야 이해 해! 선배들한테 잘 보이고 싶은 건 나두 마찬가지니까 근데…….”

지난 2013년 12월에 새로 구성되어 2014년부터 2015년까지 ‘서울패’을 이끌고 나갈 회장 등 집행부 다섯 명이 모여 커피를 마시며 전전대 회장인 김민우를 성토했다.

“이건 너무해. 신채린 선배가 붉은 장미를 좋아한다고 꽃을 바꿔라 김완 선배가 육식을 좋아하지 않는다고 도시락을 다시 맞춰라 등등!”

“이 정도면 충성을 지나 아부야, 씨앙!”

“정말 누가 좃만이라고 별명을 지었는지 딱이다, 딱! 딸딸 딸딸…….”

“킥킥킥, 히히히!”

여학생인 총무 손재연이 김민우의 별명을 부르며 흉을 보자 남성준 등이 폭소를 터뜨렸다.

"근데 신채린 선배님 오실까?"

총무인 손재연이 김민우를 열심히 씹어내서 열이 가라앉았는지 화제를 돌렸다.

"백퍼 못 오서. 지금 미국에서 촬영중이라는데 불가능해."

회장인 남성준이 손을 저으며 단언을 했다.

"아쉽다! 신채린 선배님이 오셔야 완전 학교가 뒤집어지는데."

"어쨌든 오늘 아침에도 문자 날렸어. 꼭 열 번째 문자 히히히……."

다시 손재연이 입맛을 다셨고 남성준이 개구쟁이 웃음을 날렸다.

"야, 성준아! 김완 선배님 곧 후문에 도착하신대."

안경 쓴 남학생이 지하실로 통하는 계단을 올라오며 소리를 질렀다.

"아니, 왜 후문으로 오시지? 그쪽으로 오시면 많이 불편하실 텐데?"

남성준이 눈을 동그랗게 뜨며 대꾸했고,

"대운동장에서 총학 행사하잖아!"

손재연이 즉각 원인을 밝혔다.

총학은 총학생회의 준말이었다.

"이 원수 총학! 꼭 우리가 무슨 행사 한 번 하려면 난리더라."

남성준이 커피잔을 구겨 쓰레기통에 던지며 툴툴 댔다.

"원수는 원수고. 선배님들 도착하시기 전에 빨리 준비하자."

"그래! 내려가자."

우루루!

남성준을 비롯한 '서울패' 회원들이 총알같이 학생회관 지하실로 내려갔다.

1. 본 서클에 입회하여 1년 이상 활동한 재학생으로 한다.

2. 활동 기간은 1년으로 하되 본인이 원할 시에는 졸업할 때까지 계속해서 활동할 수 있다. 단 1년마다 심사를 받아야 한다.

3. 2인 이상이 지원할시 본 서클 동문 선배들의 심사를 받아 결정하되 심사위원은 본 서클 집행부에서 선정한다.

4. 심사 장소는 학생회관에 위치한 본 서클 본부로 한다.

5. 심사 일시는 매해 2월로 하되 당 해 년도 입학식이 치러지기 전에 한다.

이상은 서울대학교 밴드 음악 패거리 '서울패' 회칙에 정하여져 있는 레귤러멤버 선정 규정이었다.

호랑이 담배 피던 시절에 만들어진 회칙이었다.

하지만, 서울패가 창립 된지 반세기 가까이 된 지금까지 한 번도 회칙이 개정되지 않았고 예외 없이 지켜졌다.

서클이란 문구를 동아리로 수정했을 뿐이었다.

2014년의 봄이 턱 밑까지 다가온 오늘!

이 규정에 의거 서울대학교 공대 기계공학과 2013학번 남성준이 이끄는 '서울패' 집행부에서는 선배들을 심사위원으로 초빙해 메인 보컬을 뽑는 오디션을 실시하기로 결정했던 것이다.

기타나 드럼 등 다른 레귤러 멤버들은 순조롭게 결정됐지만 보컬 부문은 무려 아홉 명이나 지원했기에 어쩔 수 없었다.

대한민국 예술계의 새로운 블루칩으로 떠오른 정신화도 예외는 아니었다.

끽!

검은색 에쿠스 리무진 한 대가 서울대학교 관악캠퍼스 후문 앞에서 멈췄다.

뒷좌석에서 황연주가 핑크색 야구 모자를 쓴 채 아가씨 시절보다 훨씬 통통해진 몸을 끌고 내렸다.

검은색 더블 재킷을 걸친 정중환이 잽싸게 황연주를 부축

했다.

"아직 괜찮아, 자기야. 이제 사 개월인데, 뭐!"

"안 돼. 창훈이 놈 가졌을 때 넘어진 거 생각해 봐."

"헤헤! 그건 내가 운동치라서 넘어진거구."

황연주와 정중환이 다정하게 대화를 나눴다.

결혼한 지 꽤 된 부부라는 것이 티가 났다.

말투나 행동이 부부로서 아주 자연스러웠기 때문이다.

"뭐야? 연주 또 얘기 가졌어?"

트레이드 마크인 군청색 더블 재킷에 회색 바지를 걸친 김완이 뚱한 얼굴로 다가오며 입을 열었다.

"미안하다! 어쩌다 보니 일이 또 이렇게 됐다."

정중환이 미소를 지으며 싫지 않은 표정으로 대답했다.

"어후— 이 짐승 부부!"

"진짜 대단하다. 어떻게 결혼 오 년 만에 애기를 네 명 씩이나 갖지?"

김완과 함께 걸어오던 베이지색 바바리코트를 차림의 한희라가 곤혹스러운 표정을 지었다.

"헤헤헤! 나 배아줄기 세포나 뭐 그런 게 잘못됐나 봐, 언니. 그냥 이 사람이 스치기만 해도 아가가 생겨."

"울 마누라 회사에서 별명을 다모(多母)래, 다모! 으흐흐흐……."

황연주와 정중환이 자랑하듯 너스레를 떨었다.

그랬다.

올해로 결혼 오 년 차인 이 금슬 좋은 부부는 처녀 총각 시절과는 많이 달라져 있었다.

벌써 슬하에 아들 둘에 딸 하나를 두었고 또 임신 중이었다.

아빠, 엄마까지 짱짱한 농구팀.

물론, 아빠 정중환의 신분도 눈부시게 변했다.

비례대표의원으로 임기를 끝마치고 강남 갑구에 출마해 지역구 의원으로 당선됐고, 미국 일본 유럽 등 전 세계에 35개의 호텔 체인을 갖고 있는 한국 호텔그룹 CEO였다.

한국 아마추어 레슬링 협회 수석부회장 등 다수의 봉사직도 겸임하고 있었고!

엄마인 황연주 PD는 DBS 예능본부 제작1부장으로 재직 중이었다.

변하지 않은 것이 있다면 딱 하나.

아기들이 넷이나 있을 만큼 넘치는 부부 간의 사랑이었다.

"애들은?"

"삼청동 외가에서 할아버지 할머니하고 놀아."

"황 회장님이 적적하시지 않겠다. 막내도 시집가서 허전하다고 하시던데……."

"덕분에 난 삼청동에서 산다, 큭큭!"

"하하, 그래……"

김완과 한희라, 정중환 부부가 다정하게 얘기를 나누며 따사로운 햇빛이 비추는 서울대학교 관악캠퍼스 후문을 지나갔다.

김완이 정문을 피해 후문으로 들어온 것은 총학생회에서 열고 있는 행사 때문이기도 했지만 서울대 후배들의 광적인 지지가 우려됐기 때문이기도 했다.

낙타가 바늘구멍 통과하는 것보다 두 배쯤 어렵다는 PGA 투어 그랜드 슬램.

한 해에 마스터스대회 US오픈 THE오픈 PGA챔피언십을 한꺼번에 우승하는 것!

김완은 이 그랜드 슬램을 2011년부터 2013년까지 무려 연속 세 번을 이루었다.

덕분에 오 년 전하고는 비교도 안 될 만큼 무시무시한 인기가 쏟아졌다.

서울대학교 내에 김완의 동상이 세워질 정도로!

"아무튼 니네 부부를 볼 때마다 절실히 느낀다. 씨를 많이 뿌린다고 수확량이 많은 게 절대 아냐."

김완이 아주 색감 있는 농담을 던지며 슬쩍 한희라를 돌아봤다.

"난 십대 때부터 그렇게 씨를 뿌렸는데 감자 한 알도 못 건졌어."

"왜 날 보고 얘기해 아빠? 병원에 한두 번 가봤어? 내 밭은 너무 기름져서 걱정이래잖아, 의사 선생님이!"

영리한 한희라가 김완의 농담을 이내 알아듣고 퉁명스럽게 쏘아붙였다.

영국왕실음악대학 종신 교수인 한희라는 비례대표의원으로 활동 중 초다혈질 아티스트답게 명패를 날려 문화부장관 이마를 박살 낸 후 의원직을 때려치웠다.

하지만, 여전히 런던과 서울을 왕복하면서 DBS 음악회의 사회자로 활동했다.

세계적인 바이올리니스트로서 자가용 비행기로 세계 각국을 돌며 공연을 하면서 그야말로 눈코 뜰 새 없는 생활을 하고 있었다.

세계 백 개 도시에 백 개의 저택을 갖는 꿈.

얼마 전에 그 꿈을 이뤘다.

'서울패' 후배들의 끈질긴 읍소 덕분에 보컬 심사위원으로 모교를 방문했고!

"크크크! 밭은 좋은데 수확량이 없다는 건 씨가 부실하다는 거지?"

"시키가? 유명한 닥터께서 떼준 진단서가 내 신분증이나 마찬가지야 몰라?"

김완이 움찔했다.

자신이 꺼낸 농담이 부메랑이 돼서 자신에게 돌아왔던 것이다.

"괴상하다. 둘 다 씩씩한 청춘인데 왜 애기가 안 생기지? 이 인간들은 도봉산 계곡에서 텐트까지 쳐놓고 열심히 일을 했는데 고등학교 때부터 말야. 보나마나 오늘도 새벽까지 일을 했을 테고……."

"킥킥킥!"

"뭐, 뭘 고등학교 때부터 해, 킹콩아? 어제도 몇 시간 하지 않았어, 아후!"

정중환이 언제나처럼 노골적으로 과거 얘기를 꺼냈고 한희라가 얼굴을 붉히며 펄쩍 뛰었다.

"몇 시간?! 꼭 이 대목에서 기가 죽는단 말야. 난 끽해야 몇십 분인데?"

"제가 잘못했습니다. 그만하시죠, 다산왕 전하!"

정중환의 수다가 필을 받으면서 이어지자 김완이 급히 진화했다.

"우리 대장이 잘 아는 무당이 있는데 거기 가서 한번…윽!"

"후배들 오잖아, 이 고릴라야?"

한희라가 정중환의 허리춤을 꼬집었다.

"안녕하세요, 김완 선배님, 한희라 선배님!"

"어서 오세요, 황연주 선배님"

"12학번 서울패 42기 회장을 맡은 공대 기계공학과 남성준입니다."

"12학번 서울패 43기 사범대 수학교육과 총무 손재연이에요."

서울패 단복을 걸친 십여 명의 학생이 학생회관 입구에 서서 일제히 허리를 숙이며 최대한 정중하게 인사를 했다.

이어, 예쁜 카네이션을 든 채 김완등에게 달려왔다.

"오늘 프로골퍼 오디션 아니잖아? 한 교수님이나 황 부장님 달아줘."

"히이! 선배님 인기가수시잖아요? 이별……"

"그러니까 노래 한곡 히트 친 가수니까 심사위원 자격이 있다?"

"그럼요. 선배님께서 직접 작사 작곡하고 노래한 이별은 우리 동아리 가이드 곡이에요."

"더욱이 오늘은 메인 보컬을 심사하는 날이거든요."

김완이 꽃을 사양하자 서울패 총무와 회장이 심사위원으로 선정된 배경을 밝히며 꽃을 달아줬다.

"나는 임마?"

지켜보던 정중환이 고리 눈을 부릅떴다.

"죄송합니다. 정 의원님!"

"의원님께는 장례식 때 쓰는 국화를 달아드리고 싶은데 준비가 안 됐네요."

손재연과 남성준이 서울대생답게 가시가 꽉 박힌 말을 쏘았다.

"뒈지기 전에 정치나 잘해라??"

"쉽게 알아들으셨으니 이만 줄이겠습니다."

"오냐! 죽기로 노력해 보마!"

정중환이 우거지 인상을 쓰며 잇새로 말했다.

"이 꽃이 얼마짜린 줄 알아 정 의원님?"

"맞다, 찬조금. 꽃 안 달길 천만다행이다, 큭큭큭."

"성준이가 회장이고 재연이가 총무라고?"

김완이 '서울패' 회장 총무를 불렀고,

"네에, 선배님!"

남성준과 손재연이 씩씩하게 대답했다.

"어느 동아리든 회장 총무가 제일 고생하지! 신발깨나 닳고."

"알아주셔서 고맙습니다."

"이거 가지고 가서 신발이나 한 켤레씩 사 신어라."

"아후, 선배님······."

"자식들! 선배들한테 안 배웠냐? 선배는 봉이야. 선배가 주는 건 무조건 고맙습니다하고, 챙기는 거야."

"헤헤헤, 네! 고맙습니다."

"그리고 이건 찬조금이다. 내 거하고 채린이 거. 아마 나하고 채린이는 가을 축제 때나 어떻게 학교에 들릴 것 같다."

김완이 봉투 하나를 더 내밀었고,

"그저 성은이 망극하옵니다, 선배님."

"바쁘셔도 제발 학교에 자주 들려주세요."

남성준과 손재연이 방금 김완에게 배웠듯 씩씩하게 대답하며 찬조금 봉투를 챙겼다.

"와아아, 신화다! 신화 나왔어."

우루루! 학생들이 학생회관 저편 출입구 쪽으로 달려간다.

김완쪽으로 다가오던 JK 신화가 학생들에게 둘러싸였다.

김완이 어깨를 으쓱했다.

"역시 땅콩 아무리 굴러도 소용없어. 운동선수 아무리 날뛰어 봤자 연예인 인기 발끝도 못 쫓아가."

"크카카카카!"

돌연, 정중환이 학생들에게 둘러싸여 사인공세를 받는 JK 신화를 쳐다보며 박장대소를 터뜨렸다.

"돈이 좋긴 좋아. 과외선생을 서너 명씩 붙이고 난리를 폈더니 그 깡패가 여기까지 왔어. 천하의 서울대에 들어와 〈서울패〉 회원이 됐구. 유명 가수는 부록이구 말야!"

"열심히 했잖아? 밥 먹고 노래하고 공부하고! 삼 년 동안 이 세 가지만 했다며……."

"크큭! 자식이 대장을 닮아서 아주 독종이야."

정중환이 질렸다는 듯 고개를 흔들었다.

"독종은 독종인데… 울 마누라가 어디 갔나?"

정중환이 김완의 눈치를 봤다.

"동아리방으로 내려갔어. 어서 가봐."

"그래! 너도 빨리 내려와."

정중환이 관악산 덩치를 날리며 번개처럼 학생회관 지하실로 날아갔다.

끼이이익!

바로 이때였다.

검은색 중형차 한 대가 학생회관 정문 앞에서 신경질적으로 멈췄다.

"이 시키들이 날 심사위원에서 빼찌시켜? 아무리 내가 음악과 관계없는 일을 한다 해도 그렇지. '서울패'에 있는 내 지분이 얼만데……."

고재훈이 특유의 캐릭터인 10시 10분으로 올라간 눈을 부라리며 승용차에서 내렸다.

척!

김완이 고재훈에게 카네이션을 내밀었다.

"내 대신 심사해. 눈 하면 또 우리 고 판사님 눈 아냐?"

"하아, 일찍 왔네형?"

고재훈이 카네이션을 받으며 미소를 지었다.

10시 10분에서 거의 11시 9분까지 올라갔던 눈이 천천히 제자리를 잡았다.

서울지방법원 형사1부 판사가 고재훈의 현재 신분이었다.

"카하! 울 와니 오빠는 세월이 갈수록 멋있어지네?"

"초아는 같이 안 왔어?"

"진짜 미워 죽겠어! 오빤 맨날 초아만 찾아?"

"하하하, 미안미안! 우리 희수도 잘 있었지?"

"네! 엎드려 절 받을 만큼 잘 있었답니다."

고재훈과 함께 서울과학고 삼총사였던 구희수는 삼성전자 수원공장 제품관리실에서 근무했고, 이초아는 서울대학교 병원 인턴으로 있었다.

"초아 지금쯤 병원에서 예원 언니랑 맞고 치고 있을 거야. 예원 언니 빽으로도 빠져나올 수가 없대. 인턴이 아니라 진짜 일턴이더라구 막굴리는 막턴이야!"

"진짜 의사의 길은 멀고도 험해!"

김완이 고개를 흔들었고.

"어서 들어 가봐라. 애들 기다린다."

"오빠?"

"높으신 분 오신대. 기다렸다가 모시고 들어가야지!"

입맛을 다셨다.

"채, 채린이 누나 온대?"

"약 먹고 죽을 시간도 없다고 칭얼대더니 여긴 온 댄다. 마이애미에서!"

"후배 시키들이 날 뺀찌시킨 이유를 알겠다. 심사위원이 넘쳐단다 이거지."

"희수야, 고 판사 또 시작한다, 빨리 데리고 가!"

"킥킥 알았어. 갑시다, 판사 아저씨!"

구희수와 고재훈이 학생회관으로 들어갔고 김완이 천천히 발길을 돌렸다.

ー대한민국 정부는 각성해라!

ー각성해라! 각성해라! 각성해라!

ー대한민국 국방부는 국민들의 등골을 빼는 KMDFX2의 계획을 최소하라!

ー취소하라! 취소하라! 취소하라!

대운동장 저편에서 요란한 마이크 소리가 들렸다.

천여 명의 학생이 대운동장에 모여 시위를 하고 있었다.

"다행이다 시위를 하지 않았으면 저 녀석들이 몽땅 나한테 달려왔을 텐데!"

김완이 법대 건물 쪽으로 걸어가며 대운동장 쪽을 힐끗 쳐다봤다.

그 시선이 살며시 돌아서 법대 건물 정문 앞에 세워진 동상으로 옮겨갔다.

피식!

김완이 실소를 터뜨렸다.

김완의 동상이었기 때문이다.

"저 녀석이 어렵게 졸업한 선물이네."

그랬다.

김완은 2010년 그동안 휴학을 했던 법대를 졸업했다.

서울대 교수회의에서 김완이 학교의 명예를 드높인 공을 인정하고 인터넷 강의와 시험으로 학점을 취득하게 해서 졸업을 시켰던 것이다.

졸업식 날 동상제막식이 같이 열렸고!

"쳇! 난 왜 동상을 세워주지 않는 거야?"

신채린이 툴툴거리며 다가왔다.

"아카데미 여우주연상을 벌써 세 번씩이나 받았는데 말야."

"우리 학교가 아니라 우리나라에서 세워 줬잖아? 세종문화회관 앞에!"

김완이 얄밉다는 듯 째려보면서 대답했다.

"근데 얼굴이 왜 그래? 한 건강 하는 리나 얼굴색이 아닌데?"

"응! 이 녀석들 때문에 그래."

신채린이 아무렇지 않게 김완의 말을 받으며 사진 한 장을 던졌다.

어떤 시커먼 밤바다 속을 찍은 것 같은 사진이었다.

"이게 무슨 사진이야?"

"우리 아가들이 칠 개월 동안 먹고 자고 할 집."

"무슨 알이야? 우리 아가들이 먹고 자고 할 집 사진이라니?"

신채린이 의미심장한 말을 던졌고 김완은 선뜻 이해를 못했다.

사진은 초음파로 촬영한 신채린의 자궁 속 모습이었다.

"지금 뿌옇게 비추는 그 음영이 뭐 같아?"

"글쎄, 고래야 뭐야?"

"애기!"

"애기? 누구 애기?

"우리 애기. 자기랑 나랑 열심히 만든 애기."

"……!"

김완이 한참 동안 말을 하지 못하고 멍하니 신채린을 쳐다봤다.

"저, 정말이야?"

"얼마 전부터 손님이 오시지 않더라구. 이번에도 상상임신인 줄 알고 신경도 안 썼어. 근데 속이 영 메스꺼워서 병원에 갔었어. 결과는 자기가 들고 있는 사진이야."

"……!"

"믿기지 않아서 병원을 일곱 군데나 다녔어. 미국, 일본, 영국 등등 세계 각국에서 가장 유명하다는 산부인과 병원 일곱 군데! 결과는 모두 똑같아. 아가야, 우리 아가!"

신채린이 눈시울을 붉혔고,

"까후―"

김완이 환호성을 질렀다.

"오, 오늘 당장 혼인신고부터 하자! 아가를 아빠 없는 녀석으로 만들 수는 없지."

"후, 알았어. 근데 더 엄청난 사실을 얘기해 줄까?"

"이것보다 더 엄청난 사실이 있을까?"

"있어! 아가들이 무려 세 명이래. 세 쌍둥이!"

"세, 세쌍둥이!?"

"아들 둘에 딸 하나래!"

"후후후후! 큭큭큭큭!"

신채린과 김완이 마주보며 미친 듯이 웃었다.

고기도 먹어본 사람이 먹는다.

선천양기를 사용하는 남자는 선천음기를 갖은 여자를 만나기 전에는 절대 애기를 가질 수 없다.

이것은 어길 수 없는 진리였다.

딱 한번 신채린이 1억분 지 1의 확률을 뚫은 예외가 있었다.

인간의 머리는 실수를 되풀이 한다.

인간의 몸은 가장 힘들었던 과거를 기억한다.

이 조건에 의해서 신채린은 다시 1억분 지 1의 확률을 통과해서 예외를 만들었다.

상상임신이 아닌 세쌍둥이를 임신했다.

결정적으로 하늘에 올라가 신들과 싸워 이긴 이국 여사의 힘이었다.

이국 여사가 신채린에게 약속했던 선물이었다.

김완의 눈이 뿌옇게 변하며 하늘을 바라 봤다.

저 멀리 구름 위로 거대한 비행기 한 대가 날아갔다.

이국 여사의 자애로운 얼굴이 오버랩됐고!

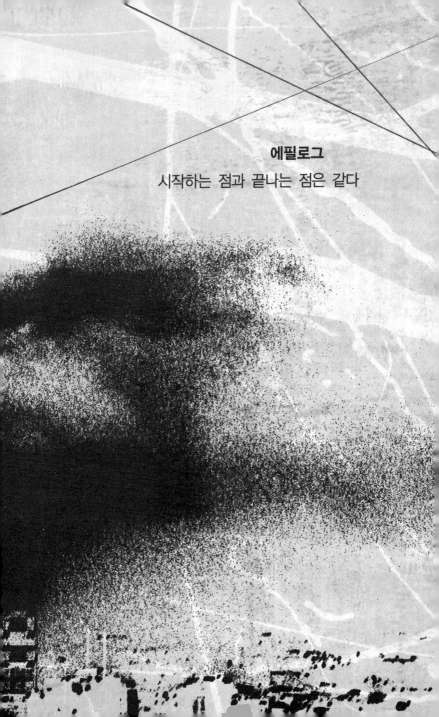

에필로그
시작하는 점과 끝나는 점은 같다

손톱으로 튕기면 통하고 물방울이 튕길 듯한 푸른 하늘이
었다.

아니, 그냥 하늘처럼 느껴져서 하늘이라 부를 뿐이지 파란
바다 같기도 했다.

바다인지 하늘인지 헛갈리는 공간으로 화려한 여객기 한
대가 날아갔다.

MMX 002라는 문양이 선명하게 보였다.

세계에서 가장 많은 사람을 태울 수 있다는 여객기.

카지노와 일인용 침실, 음료수 바와 면세점에 미용실까지

갖추고 있다는 비행기였다.

최대항속거리 1만 5,100㎞의 에어버스A380이었다.

한화 4,000억 원이라는 무지막지한 가격의 비행기를 다국적 군수산업체인 MMX에서 사들여 임원들 전용비행기로 개조한 초호화 여객기였다.

김완이 서울대학교 관악캠퍼스에서 쳐다봤던 바로 그 비행기였다.

타타탁!

은발의 노신사, 일본의 유명한 무기장사꾼인 기무라 슈운로꾸 남작이 열심히 노트북 컴퓨터를 두드렸다.

세 시간 전에 KMDFX2(한국 미사일 방어 시스템 2)를 대한민국 정부에 팔아먹고 남은 이익금을 계산하는 중이었다.

기무라 슈운로꾸가 군인에서 장사꾼으로 변신하면서 생긴 버릇이었다.

쨍!

"부라보! 하하하!"

객실에서 조금 떨어진 음료수 바에서 십여 명의 MMX임원이 KMDFX2의 계약 성공을 축하하며 건배를 했다.

열심히 노트북을 두드리던 기무라 슈운로꾸가 방해가 되는 듯 연신 건배를 하는 짜증스러운 얼굴로 MMX 임원들을 쳐다봤다.

기무라 슈운로꾸는 일본군 장군 출신으로 러시아에 포로로 끌려가 시베리아 형무소에서 복역을 했다.

덕분에 형무소에서 씹어 먹었던 바퀴벌레는 믿을지언정 금발에 파란머리는 절대 믿지 않았다.

기무라 슈운로꾸가 피곤한 듯 목을 매만지다가 버릇처럼 창밖을 쳐다봤다.

"……!"

찰나, 헬멧을 쓰고 있는 전투기 조종사와 정면으로 눈이 마주쳤다.

기무라 슈운로꾸가 이마를 찌푸렸다.

전투기 조종사가 엄지를 뻗어 지면을 향해 접었다.

그 옛날 로마의 네로 황제가 검투에서 진 검투사에게 죽음을 명령하던 그 리액션이었다.

그아아아앙!

그리고 미그 29기가 지면을 곤두박질치듯 지면으로 내리꽂았다.

하얀 바탕에 붉은 별.

기무라 슈운로꾸가 이승에서 마지막으로 목격한 것이었다. 바로 미그 29기에 선명하게 새겨져 있는 조선인민민주주의공화국, 북한의 인공기였다.

꽈꽝!

그것으로 끝이었다.

어디선가 큼지막한 스커드 미사일 하나 날아와 에어버스 A380기의 몸통에 그대로 틀어박혔다.

거의 동시에 기무라 슈운로꾸가 고개를 갸우뚱했다.

방금 눈이 창밖으로 눈이 마주친 북한 미그 29 전투기 조종사의 얼굴이 어디선가 많이 본 듯했기 때문이다.

'애벌레다!'

기무라 슈운로꾸가 이승에서 마지막으로 떠올린 생각이었다. 바로 김완의 얼굴이었다.

그렇게 50여 명의 MMX 임원을 태운 MMX 전용 에어버스 초호화 여객기 A380 002기는 이 세상에서 사라졌다.

한데 신기하게도 A380 002기는 언젠가 대한민국의 엘리트 공무원들을 태우고 중국에서 서울로 돌아오던 KAL 002 특별기가 격추당했던 그 장면과 너무 흡사했다.

아니, 시간이 지났을 뿐 상황은 너무 똑같았다.

구름 한 점 없는 늦가을의 오후라는 시간과 북한군이 합동을 훈련을 하고 있는 북한의 영공이라는 장소까지! 격추시킨 미사일 종류까지!

얼마의 시간이 지났을까?

A380 002가 미사일에 맞아 분해가 된 지 10분쯤 됐을 때였다. 비행기에서 떨어진 잔해인 듯 헤드폰이 끼어 있는 예쁜

CD플레이어 하나가 마치 나비처럼 허공을 날아다니듯 하늘하늘 떨어져 내렸다.

그리고 신기하게도 헤드폰 속에서 아주 작은 음악 소리가 흘러나왔다.

오늘 하루도 멀어져 간다
내뿜는 당신의 한숨 속에서.
내 조그마한 기억속에
당신의 흔적이 점점 지워져 간다.
여름은 가고 가을이 다시 돌아왔지만
아무것도 찾을 수 없네.
조금씩 잊혀져 간다.
늘 곁에 머물러 있을 당신인 줄 알았었는데…….

골프 황제 김완이 부른 노래 '이별' 이었다.

KAL 002 특별기 격추 사건으로 운명을 달리한 부모를 그리워하며 작곡 작사했던 바로 그 노래였다.

『세계 유일의 남자』완결

작가(作家)의 변(辯)

그동안 '세계유일의 남자'를 애독해 주서서 대단히 고맙
습니다.

본 작품은 맨 처음 전 3부 15권 완결로 기획했었습니다.

1부 25세까지, 2부 30세까지, 3부 35세까지.

주인공의 나이를 다섯 살 끊어서 그 오 년 동안 있었던 일
련에 일들을 씨줄과 날줄로 엮어서 재미있는 이야기로 만들
고자 했었습니다.

하지만 아쉽게도 여러 가지 여건상 1부 5권에서 막을 내리
고자 합니다.

훗날, 지면이 허락된다면 못다 풀어낸 2부, 3부를 완결하도록 하겠습니다.

이점 널리 양지해 주시기 바랍니다.

뒤이어 후속작인 〈그레이트 원〉이 선보일 것입니다.

많은 질정 부탁드립니다.

늘 건승하시길 기원합니다.

천중화 배상(拜上)

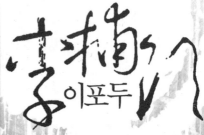
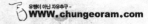

마 in 화산

FANTASTIC ORIENTAL HEROES

용훈 新무협 판타지 소설

무림공적, 천살마군 염세악!
검신 한호에게 잡혀 화산에 갇힌 지 백 년.

와신상담… 절치부심… 복수무한…

세월은 이 모든 것을 잊게 하고
세상마저 그를 잊게 만들었다.
하지만.

"허면 어르신 함자가 어찌 되시는지……"
우연한 만남, 자신도 모르게 튀어나온 원수의 이름.
"그게… 한, 한호일세."

허무함의 끝에서 예기치 않게 꼬인 행로.
화산파 안[in]의 절세마인, 염세악의 선택!

Book Publishing CHUNGEORAM

용행이 멋난 자유수무
WWW.chungeoram.com

작은 샘이 바다로 모여들 듯,
만류의 법이 하나로 회귀하듯,
다섯 개의 동경이 드디어 하나로 모인다.

검을 만드는 사람과
검을 쓰는 사람,
그리고 검을 버리는 사람의 이야기!

천명을 타고 태어난 **청풍**과 **강검산**
그리고 혈로를 걸어온 살수 **타유**,
그들이 다섯 줄기의 피의 숙명과 마주한다.

FUSION FANTASTIC STORY
월문선 장편 소설

화려한 귀환

머나먼 이계의 끝에서
다시 돌아온 남자의 귀환기!

『화려한 귀환』

장점이라고는 없던 열등생으로 태어나,
학교에서 당하는 괴롭힘을 버티지 못하고
자살이라는 극단적인 선택을 하게 된 남자, 현성.

"돌아왔다…… 원래의 세계로!"

이계에서 죽음을 맞이하게 된 현성은
자신을 죽음으로 내몰았던 현실 세계로 돌아오게 된다!

고된 아픔들, 그리웠던 기억들.
모든 것을 되살리며 이제 다시 태어나리라!

좌절을 딛고 일어나 다시 돌아온
한 남자의 화려한 이야기!
이보다 더 '화려한 귀환'은 없다!

Book Publishing CHUNGEORAM

유행이 아닌 자유추구 -
WWW.chungeoram.com

FUSION FANTASTIC STORY
건(建) 장편 소설

컨트롤러
Controller

세상에게 당한 슬픔,
약자를 위해 정의가 되리라!

『컨트롤러』

부모님의 억울한 죽음.
더러운 세상에 희롱당해
무참히 희생당한 고통에 분노한다!

"독하게… 살아가리라!"

우연한 기회를 통해 받은 다른 차원의 힘.
억울함에 사무친 현성의 새로운 무기가 된다.

냉정한 이 세상을 한탄하며,
힘조차 없는 약자를 대변하고자
내가 새로운 정의로 나서겠다!

Book Publishing CHUNGEORAM